赵晓梦————

著

的　爬虫

四川文艺出版社

图书在版编目（CIP）数据

时间的爬虫/赵晓梦著. — 成都：四川文艺出版社，
2019.5（2021.10 重印）
ISBN 978-7-5411-5337-2

Ⅰ.①时… Ⅱ.①赵… Ⅲ.①诗集—中国—当代 Ⅳ.
①I227

中国版本图书馆 CIP 数据核字（2019）第 069637 号

巴金文学院签约作家书系

SHIJIANDEPACHONG
时间的爬虫

赵晓梦　著

责任编辑　朱　兰　蔡　曦
特约编辑　李育樵
封面设计　叶　茂
封面画作　吴　浩
内文设计　史小燕
责任校对　段　敏

出版发行　四川文艺出版社（成都市槐树街 2 号）
网　　址　www.scwys.com
电　　话　028-86259287（发行部）　028-86259303（编辑部）
传　　真　028-86259306

邮购地址　成都市槐树街 2 号四川文艺出版社邮购部　610031
排　　版　四川最近文化传播有限公司
印　　刷　三河市嵩川印刷有限公司
成品尺寸　145mm×210mm　　　开　本　32 开
印　　张　7　　　　　　　　　　字　数　140 千
版　　次　2019 年 5 月第一版　　印　次　2021 年 10 月第二次印刷
书　　号　ISBN 978-7-5411-5337-2
定　　价　38.00 元

时间的爬虫

目录

诗人是给时间画像的智者
——赵晓梦诗集《时间的爬虫》序 *1*

第一章　被伦敦时差颠倒的闹钟

徐志摩的石头 *3*

剑桥印象 *5*

院士花园 *7*

时间的爬虫 *9*

夜晚的摄政公园 *12*

酒吧的DNA *14*

从威斯敏斯特大教堂到伦敦眼 *16*

被时差颠倒的闹钟 *18*

大师在墙上 *20*

第二章　站在时间门槛仰望星辰

喝酒的人 *25*

劝酒的人 *27*

29 ...... 醉酒的人

32 ...... 唱酒的人

34 ...... 品酒的人

36 ...... 酿酒的人

38 ...... 拉酒的人

40 ...... 带酒的人

第三章　请给敦煌经卷留点时间

45 ...... 一张纸的宿命

第四章　灵魂被时间偷走了地址

55 ...... 开　路

57 ...... 守　夜

59 ...... 遗　像

61 ...... 关　津

63 ...... 道　师

65 ...... 打井水

67 ...... 散　花

69 ...... 唢　呐

71 ...... 烧　灵

73 ...... 散灾饭

第五章　时间流动得如此地缓慢

海南，我是你身体新长出的一块礁石 77

椰子树的故乡 79

一个人的海滩 81

坡村的微花 83

吹口琴的老人 85

锦母角的灯塔 87

为人民读诗的茅屋 89

黎家小院的绣娘 91

被复制的船说 93

博鳌的好声音 95

三亚的玫瑰 97

第六章　借来的时间已还给泥土

老　屋 101

东郊记忆 103

醒来的宋瓷 105

报上名来 107

下午茶 109

从前慢 111

听着雨声 112

落　红 114

115 ...... 十二月

117 ...... 雪花的背景

119 ...... 一场雪没能抵达泥土内心

121 ...... 冬天印象

123 ...... 玫瑰谷

124 ...... 床头柜

126 ...... 跟着拐弯

127 ...... 失　眠

128 ...... 电话通了

130 ...... 生日歌

132 ...... 风吹桃花

134 ...... 被粉红色的山风窒息

135 ...... 蜜蜂停留的枝头

136 ...... 初　夏

第七章　感觉活在时间的外墙面

141 ...... 老男孩

143 ...... 吹奏人

145 ...... 呼喊者

147 ...... 肌肉男

149 ...... 跑步者

151 ...... 拳击手

153 ...... 风筝客

观棋者 155

透明人 157

太极手 159

刀笔手 161

烟斗客 163

第八章 时间与空间被重新命名

大酒杯 167

大酒碗 169

大酒坛 171

大酒罐 173

大酒缸 175

罗汉岭下 177

松毛岭郭公寨 179

老古井 181

跋 诗性美学：一种新视角

——赵晓梦诗歌美学讨论 183

诗人是给时间画像的智者
——赵晓梦诗集《时间的爬虫》序

叶延滨

　　读赵晓梦的诗集，读出一点诗外之韵。赵晓梦，笔名梦大侠，现居成都，中国作家协会会员、四川省作协全委会委员、巴金文学院签约作家，自1986年开始文学创作，作品散见于《人民文学》《诗刊》《星星》等上百种报刊，入选多种选本，曾获鲁藜诗歌奖、杨万里诗歌奖、2017首届中国当代十佳诗人奖、《西北军事文学》优秀诗人奖等多种荣誉奖项。然而，在诗歌圈里，他不算最露脸的名家，也不是经常被诗评家提携点名表扬的角色。因为，写诗只是他的业余喜好，如同有人喜好打太极健身，有人喜好下围棋活脑，而赵晓梦喜欢写诗养神。诗人赵晓梦有更为重要的社会身份，办报纸，办一份全中国都点赞的《华西都市报》，他的职务是常务副总编。"常务"是什么意思，你懂的，一大堆编辑记者听他的指挥，成千上万的读者跟着他的眼睛看世界。办报纸在网络时代居然也办得风生水起，这种人应是知识界中的"实业家"。不知道别人怎么看，我真是在心里佩服这个赵晓梦：办报纸是他作为当代知识精英的"兼济天下"，写诗歌是他的"独善其身"。做事做得好，写诗写得好，这叫健全人生，雄健诗品。

自古至今，有许多优秀的诗人，其中能做事、能写好诗的也不少，读赵晓梦的诗，深感这是一个智者的心灵写照，不禁让我想起他的四川老乡苏轼。古代的诗人中，聪明的诗人不少，说得上面对命运表现出生活智慧者，非苏东坡莫属。李白无疑是绝顶聪明的天才，神思飞扬，文采绝世。但他命运多波折也不能全怪别人，顺风时皇上给了脸，给点阳光就灿烂，天子面前脱靴放浪，刚热闹立马失宠再坐冷板凳。杜甫是心怀天下黎民的诗圣，只是日子过得苦哈哈的，读他的诗总有一张皱着眉头的脸在眼前晃动。命运多舛的苏轼，颠沛流离一生，不断被朝廷放逐，却挡不住他活得自在，留下了大量优秀的诗篇。读他的诗，没有呼天抢地，没有怨天尤人，没有得志张狂，没有失意惆怅，诗句中透出诗人内心的豁达、从容、淡定、自在和幽默，显示出了以微笑面对命运的大智慧。读赵晓梦的诗作，也为他微笑面对命运和时间所表现的智慧所感动，更从诗行中读出有别于他人所独有的那份从容、自在和幽默。

这本诗集共有八章，贯穿各章题目的是时间："第一章　被伦敦时差颠倒的闹钟／第二章　站在时间门槛仰望星辰／第三章　请给敦煌经卷留点时间／第四章　灵魂被时间偷走了地址／第五章　时间流动得如此地缓慢／第六章　借来的时间已还给泥土／第七章　感觉活在时间的外墙面／第八章　时间与空间被重新命名"。他的编辑方式，通过时间主轴，将诗人近两年的新作，纳入时光河床徐徐流动；而他用诗性重新解构时间，如"灵魂被时光偷走了地址"，"感觉活在时间的外墙面"，这样的言说，只能出自一个有天赋的诗人笔下，像精心设计的指路牌，引导我们走进诗人宽阔而神秘的内心世界。

诗集的第一章是诗人出访英国的一组诗。这组诗引起我的联想，想到中国新诗刚满百岁，想到新诗的初创期那些留学的英才，更会想到那个写下《再别康桥》的徐志摩："轻轻地我走了，正如我轻轻地来；我轻轻地招手，作别西天的云彩……"留恋、难舍、徜徉之情融在诗句中，对英国的这所名校和英国的草木云水，流露出初恋的滋味。百年之后，成都的这位诗人在伦敦被伦敦时差颠倒的闹钟从梦中吵醒。大梦已醒，成年的新诗和成熟的诗人，展现了另一种情怀。《大师在墙上》用一种全新的视角，审视人类文化的成果："墙壁并未变得安静。挤满眼睛的嘈杂 / 这些从时间深处收集来的艺术品 / 不厌其烦复述着我们逝去生活的日常 / 散乱的片断瞬间获得了秩序和意义 // 钢琴前年轻女子的眼里岁月静好 / 镜前裸背的维纳斯让谁的青春吐芳华 / 骑马的查理一世走过秋天晨光中的田野 / 丑陋的公爵夫人花瓶里开出十五朵向日葵 // 画作在墙上醒来，偷走了大师的时间 / 除了画布的油彩我看不出更多名堂 / 但我们都尖锐地感到彼此的存在 / 无论皮耶罗拉斐尔维米尔还是凡·高莫奈 // 他们对色彩和形状的语言提炼 / 偷走了属于我的午餐时间 / 试图寻找观看这些画作的正确视角 / 面孔中显露出一种绝不认输的表情 // 被谎言饲养的总督和绝望的贵妇／睡莲池边拿骨头的年轻男子和战舰／镜子里反射出来的奇特细节常常被疏漏／婴儿圣母天使被达·芬奇安顿在神秘岩石上／／迷宫一样的墙壁拉长着画布的时间／人与历史之间横亘着的深渊在色彩中和解／尽管完美人生是无数大师一个伤心的梦／但我知道，他们的灵魂决不出售"这首短诗有极大的容量，将诗人在博物馆画廊的时间，变成了一条历史的长河；将一个游客的门票，化为对人类命运和文化的思考。在对比和异质中，消解历史的积怨，找寻共同的梦想与追求，在全新的视角中，诗人自信而骄傲地确认自我。这首诗不仅表现了一个当代诗人与世界对话的新基点，同时也展示了一个中国文化学者的思想轨迹。

作为一个文化学者和传媒精英，赵晓梦的诗歌有更多的文化色彩。在"站在时间门槛仰望星辰"这章节，他将中国社会的现实摆在酒桌饭局上，像一幕话剧，人们都成了酒水筵席里的角色：喝酒的人、劝酒的人、醉酒的人、唱酒的人、品酒的人、酿酒的人、拉酒的人和带酒的人。这让我想起老舍的《茶馆》。老舍将老北平的市井闲人都拉进茶馆成了茶客。这是象征，也是黑色幽默。在这场戏中出现的角色，都是我们熟悉的陌生人："以人民的名义喝下这杯酒／你关心的高速公路星级宾馆／甚至被历史学家忽视的如厕难题／全都在你手上的酒杯里／／不要有压力，喝酒就是释放压力／就像大盘洗洗才会健康／每一次回调都是抄底加仓的良机／因为行情总是在犹豫中上涨／／这峡谷的山也不会让你"恐高"／这河里的水绝不是空头的假水／农业供给侧改革的利好一个浪头打来／高送转的填权行情杯酒岂能封住去路……"《劝酒的人》这一番酒话,我们好像都听见过,生动而又荒诞。酒江湖,诗江湖,在职场、官场和各式场所里,人们扮演的各式角色,诗人用诗一一解剖。其中所展示出幽默赋予的力量,来自内心的强大;而精心把握的丝毫分寸,显示了运用文字技艺高湛的匠心。而在"灵魂被时间偷走了地址"这一章,诗人将一场人生的大戏放在一次丧事的全过程,其与饭局之戏相比,有另一番意味深长:"等待她的所有气息与人分离 / 尽管这个世界的善恶已与她无关 / 亲朋好友的哀思都寄托在纸上 / 熊熊大火拿走了生产生活的用品 // 当鞭炮又将音容笑貌高高擎起 / 我不知道该如何把她放下 / 在时间的任意角落 / 她都能凭空掏出眼泪和模样 // 那些迫不及撇清关系的家伙 / 将麻绳孝帕三次抛过屋顶 / 我从火中听出她的叹息 / 犹如泥土,那样持久那样坚韧"诗人对红白事的深度解读,实际是对人性的细分,生死界上,看透红尘,读透人心。这两章诗作,充分借鉴吸收戏剧元素,将现实生活的片断,精心安排入戏,成为社会的宽窄巷子,人生的风景视窗。

中国当下的诗坛空前活跃,自媒体的普及,也让写诗成为市井大众皆可自娱自乐的方式。点击率和不负责任的批评家同样厉害,厉害得让指鹿为马成为诗歌的常态。对生命的深度体验是诗人的基本功,然而时下流行诗风,在事物表面滑行的艳词丽句,让不少与诗无关的分行散文,败坏了读者胃口。诗歌也是一门技艺,对赵晓梦的诗歌认真解读,会让我们不忘"诗无邪"的初心。在某些人将诗歌变成展示伤疤、血腥和欲望的江湖时，我读赵晓梦的《从前慢》，为诗人将生命体验完成为诗而感动："那时候时间都埋在土里／阳光埋在土里雨水埋在土里／庄稼埋在土里只有云在天上／一觉醒来，牛还在身边吃草／／比背篓先填满的不是草／是肚皮的饥饿和母亲隔着／田间地头递来声音的目光／阻止伸向玉米红苕的镰刀／／汗水和饥饿成为时间的刻度／一个在泥土里快速扩散／一个在胃里快速膨胀／只是该死的太阳还在山坡上"饥饿是与死亡同样深刻的生命体验，死亡是对未知前途的恐惧，饥饿是现实生存的煎熬。这是一个真正经历过饥饿的人才能得到的体验，那就是"慢"，一切都慢了下来，让煎熬悠长而无望！我们这一辈人都经历过饥荒年代，然而能写出刻骨铭心的"慢"，这是我第一次读到！不是所有的痛苦都要血迹斑斑，都要呼天抢地，赵晓梦的《从前慢》，就如一根银针插入我灵魂的深处，唤醒六十年前深埋的记忆：我坐在课堂里，张望阳光刻在窗框上的刻痕，盼望下早自习课，去喝一碗粥，那是多么漫长的等待！诗无邪，更重要的是要提醒诗人去发现美，并用诗歌去呵护美。引人向美、向善、向上，是诗人的天职。记得前些日子，有一个初学写作者对我说："现在都在写人性之恶，社会之丑，提倡写美好，是不是太简单幼稚了？"我回答说："这个世界充满阴暗丑陋，人心也不乏卑劣险恶，发现美不是一件简单的事，创造美更是艰苦劳作之果，一代又一代的诗人们，正是将人世间值得珍惜的美，保留于诗行，不让他们湮灭于黑暗长夜，我们才有灿烂的文明。"诗人是燃灯者，正如晓梦诗中所说："翅膀是最好的回答/春天拥有足够自信/让我伸向三月的手/不再被风吹走。"

读晓梦的诗,有一种快意,有一种惊喜,当然有时也为诗人抱憾,如果再推敲琢磨,也许会更上一层楼。

诗人何为,立己达人。"人生的跨度注定/真诚地陷在自己的鞋子里,哪怕和/维特根斯坦海德格尔相处再好,/不明白的生活哲学也是格格不入"读到此处,我觉得诗人说得极好,我再说,也就画蛇添足了!

是为序。

2018年12月于北京

第一章　被伦敦时差颠倒的闹钟

徐志摩的石头

你看到的和我看到的一样
国王学院以一块石头的名义
宽恕一个诗人枉然求爱的忧伤
在他走过的康桥，河水无穷循环

那是怎样的一种忧伤？
为了忘掉而又追求的夕阳新娘
犹如诗中的云彩在波光里荡漾
让卑微的水草保持贞节好名声

这河里没有两张相同的脸
也没有两个相同的灵魂
长篙夏虫笙箫沉默的康桥
这比胆结石还疼痛的忧伤

教堂的管风琴已交出爱情乐章
扇形穹顶犹如没有尽头的退路
无数次的远涉重洋不过是来签收

一笔挥霍完了的青春账单

河流早已在看不见的上游拐弯
时间的二维码扫描出云水情怀
占有你所没有；汉白玉的石头
只截留了开头与结尾的两句诗行

回到桥与河寻梦的地方，你赞美过的
潮湿与光亮，都已在康河的柔波里还乡
吸引人们驻足的，只是石头背后的荣耀
——在剑桥这张名片上重新介绍自己

2017年8月6日

剑桥印象

如果一杯咖啡是剑桥的早晨
那一杯红茶就是康河的黄昏
闲坐后花园望天上云卷云舒
街上奔走的都是说外语的背包客

如果国王学院是座安静的教堂
那诗人就是块沉默的石头
在康河柔波的碎片里
水草和长篙撑出星辉斑斓的喧嚣

在数学桥敞开的穹顶下
逆流而上的鸭子像是在翻阅典籍
一场暴雨责备了它们的漫不经心
河边吃草的奶牛听不懂我的母语

三一学院牛顿的苹果树死而复生
照相的孩子旁若无人啃着苹果
科学的奇迹在每个人身上完成

尽管霍金的爬虫没能等来穿越者

"人去留影"。属于剑桥的哲学与神学
在那些古老建筑物身上缓慢移动
为了教堂的木门不被阳光推倒
请你不要在垃圾桶里弹吉他

2017年8月5日

院士花园

——献给艾伦·麦克法兰院士

你真的不该操心这些日常琐事
比如交还罗密欧与朱丽叶的椅子
比如温暖我窗台歇息的蓝布坐垫
在这空旷的草坪，你与石头和解

一块来自中国的汉白玉石头
连同一个名字已被岁月缩小磨光
就像一代代人从口语中提炼成语
在漆黑的门洞里，你的白发就是火焰

在剑桥这个没有交叉小径的花园
国王的形象已被青草和树木代替
一些人在朗诵诗歌一些人在排练话剧
只有你惦记着交还休息的长椅

比起那些狭窄局促的街道
属于你的花园更像是个迷宫
尽管秘密少得可怜，阳光下

我们仿佛都成了傲慢的智者

为了国王的荣耀也为了草茎的阴影
你把词语铺排成荫凉的行道树
给莉莉写信，给中国诗人站台
就是不谈玻璃世界和平时代的野蛮战争

明日的灰尘落不进这座四方花园
而教堂玻璃幕墙嘈杂的沉默里
接骨木已扶不起管风琴的忧伤
只有没被火烧掉的名字才受到特殊尊重

柏拉图式的蜘蛛网启发了你的大拇指
我相信，每个人的经书里都有正义
就像最邪恶的人身上也会有某种美德
风声带来狮子的怒吼，像在装饰你的房子

2017年8月6日

时间的爬虫

总有一些事情让你力不从心
比如蟑螂站在时间的齿轮上
想停却停不下来。钟摆永恒摆动
就像十字架上的耶稣有滴不完的血

"我将不会为我的灵魂找到休息"
哪儿都有激情的烂泥需要沙子搀扶
当风在天空的臂弯里变成铅灰色
我们不得不在信号接力中艰难前行

如果以不断延伸的天际线来测量视线
我保证，你看不出这面墙的弧形
就像教堂的内墙早已变成外墙
而神父早已宽恕那些长椅上坐着的无罪人

镏金的蟑螂行走在镏金的齿轮上
你有一种沉溺于备受重视的错觉
世界宽广，天空的脚手架箭一样掉落

在剑桥，酒吧始终处在街道的结尾处

历史就是眼前这个无限循环的圆盘
解开一个秘密才发现另一个更加危险
那些给时间留下线索的人不是被误解
就是被诅咒，过去现在未来只存在血液里

当紫禁城庄严的大殿上响起下流小调
欧洲人正对这个无险可冒的世界感到厌烦
自然的谜底向一个好奇多思的心灵敞开
犹如教堂的穹顶落入吊灯规律地摆动

从成都到伦敦，我在晕眩中穿过庞大梦境
注视和谛听时间的人有的是时间
皈依宗教的人首先皈依奇技淫巧的钟表
只要风不停止吹拂灵魂就不会飘落

都市人心不累的活法并非只有出离
只要这蟑螂还在时间的齿轮上无声踱步
就没有人会在语法的错误中被处死
好像我们的脸上都写着无智者的魔法

在这密封的镜框里，你看到爬虫和自己

坐在时间门槛上。我讲述的就是正在发生的
如同你亲眼所见一样准确无误——
迫使你把丢在一边的事情都捡回来

2017年8月13日

夜晚的摄政公园

天空是透明的蓝

吞没一个城市的慌张和喧嚣

玫瑰和喷泉已经歇息，犹如

勇敢的国王睡了而懦夫却醒着

从你迈出希望的脚步开始

公园张开静谧的怀抱

手提路灯的树木照亮耶稣笔直的小路

也照亮迷宫里游客休息的长椅

在你来不及辨别方向的时候

弦月从枝头移出它的脸

倾斜的坡地和谦卑的树木

让桥梁和河流有了迷人的身段

这个藏身伦敦被窝的庞大梦境

像在守护亨利八世解散修道院的秘密

这样的夜晚只有数学家睡得很安稳

而诗人还在回忆旗杆上狮子的脸

如果伦敦眼是天空和宇宙的瞭望塔
那摄政公园就是女王胭脂色的迷宫
尽管玫瑰在夜晚仍有沁人心脾的花香
但风还是让闯入者有种被欠债的追索

2017年8月6日

酒吧的DNA

在被酒精麻醉之前
他们总是争吵不休
酒吧的墙壁和天花板颠倒过来
成为他们乱写乱画的黑板

酒精不断刺激神经和肾上腺
嘴里的分子和粒子黏合着蛋白质
像唾沫撕裂酒客的耳朵和心脏
只有墙壁和天花板忍受他们的折磨

酒逢知己千杯少。咱哥俩再干一个
再干一个就接近生命的种族和血型了
那些孕育生命生长凋亡过程的全部信息
一定就在这越来越浓烈的酒分子里

买醉的英国人克里克和美国人沃森
他们酒醉心明白，科学除了试验还得有酒
就像保持旺盛精力还得游泳或打网球

酒精的灵感或许能告诉他们"生命是什么"

颠倒过来的墙壁和天花板
已容不下他们那些酒后真言
两个疯狂的酒客以掷硬币的方式
解开了人类遗传基因的全部信息

对酒客的宽容是美德也是文化
在剑桥街头这家叫EAGLE的酒吧
20世纪重大科学发现DNA"双螺旋结构模型"
至今看上去还带着几分醉态和天真

2017年8月5日

从威斯敏斯特大教堂到伦敦眼

隔河相望，一望上千年
天空终于可以把眼睛平放云端
神话和传说，爱德华或者莎士比亚
都比不过这座千禧年的数学奇迹

如果唱诗班和圣餐让人与上帝心灵相通
伦敦眼这个庞然大物就更让人接近宇宙
高大的轮子，水做的轮子，火的轮子
过去的，现在的，将来的一起转动的轮子
不在乎风鞭打狮子的哀恸，看轮子转动
那些折磨你的因和果就在这里
领悟比聆听钟声更让人幸福
我看见泰晤士河升起的山，生活在柱子上的
凯尔特人。看见那些撕破脸的狗
那些躲在神龛背后没有脸的神
还有狮子身上隐秘的文字。宇宙中
微不足道幸运或是不幸运的自己

就是一根深埋地下180米的绳子

另一个人另一个国家的命运与我何干？

既然一头深扎进泥土的黑暗

就让浮在面上的雨雪把我彻底忘掉

从威斯敏斯特大教堂到伦敦眼，上升或下降

我就是那个不信上帝的伊克西翁

把我缚在这个燃烧和转动的轮子上吧

因为在伦敦，轮子和狮子已经取代十字架

2017年8月6日

被时差颠倒的闹钟

偌大一个伦敦城，被缩小在曼彻斯特街

在酒店一间窗帘整天闭合的房间里

让你有一种被拥抱的错觉

就像成都与伦敦不在一个时间点上

黑夜却能把飞机的梦魇快递到黎明

灰色的房间，一层一层涂着红色的百叶窗

就像罗斯科尔在直盯着闯入的陌生人

这种被包围的亲密感

让诗人变成演算时差难题的数学家

这显然比克服语言的障碍更困难

游过天空的鱼，蹚过泰晤士河的大象

来不及撑开就收起的雨伞

歌颂机器和噪音的机器和噪音

连同对过去事物的仇恨

沿着两种视觉的差异摘下时间面具

你需要深吸一口气，怀着最美好的憧憬
去领略雾都的精髓，就像从威斯敏斯特大教堂
昏暗曲折的参观走廊找到脱胎换骨的出口
有时如履薄冰无比艰难，有时奇迹般无比顺利
没人知道生命与死亡的按钮在墙上还是地上

就像这个被时差颠倒又被信号忽略的手环闹钟
每天准会在凌晨三点提醒你去面对这道难题
迫使你把丢在一边的外科手术套捡回来
解剖夏天的羽绒被与大象苏丹粮仓样的身体
还得感恩这不是伦敦千篇一律的日常生活

2017年8月7日

大师在墙上

墙壁并未变得安静。挤满眼睛的嘈杂
这些从时间深处收集来的艺术品
不厌其烦复述着我们逝去生活的日常
散乱的片断瞬间获得了秩序和意义

钢琴前年轻女子的眼里岁月静好
镜前裸背的维纳斯让谁的青春吐芳华
骑马的查理一世走过秋天晨光中的田野
丑陋的公爵夫人花瓶里开出十五朵向日葵

画作在墙上醒来，偷走了大师的时间
除了画布的油彩我看不出更多名堂
但我们都尖锐地感到彼此的存在
无论皮耶罗拉斐尔维米尔还是凡·高莫奈

他们对色彩和形状的语言提炼
偷走了属于我的午餐时间
试图寻找观看这些画作的正确视角

面孔中显露出一种绝不认输的表情

被谎言饲养的总督和绝望的贵妇
睡莲池边拿骨头的年轻男子和战舰
镜子里反射出来的奇特细节常常被疏漏
婴儿圣母天使被达·芬奇安顿在神秘岩石上

迷宫一样的墙壁拉长着画布的时间
人与历史之间横亘着的深渊在色彩中和解
尽管完美人生是无数大师一个伤心的梦
但我知道，他们的灵魂决不出售

2018年1月15日

第二章　站在时间门槛仰望星辰

喝酒的人

我能够给你的，都交代在这杯酒中
交代给那个从贵州方向来的人手上
从黄昏到黎明，雨雾一直在山谷堆积
我要等的人、那个喝酒的人还没动身

迟到不是用来惩罚而是用来奖励的
这三杯入席的酒显得过于小气
就来个小钢炮吧，先把桌子震住
谁让我要等的那个喝酒的人还在路上

喝酒怎么可能没有声音呢？
这屋外赤水河和二郎山的吼声
这桌上除了菜品和诗人是沉默的
其他的都在一杯酒后变成了话家

话家从一首诗说到一个人
从男人说到女人，从装修说到股市
最后在一杯酒中回到一首歌里

"若要盼得红军来，岭上开遍映山红"

对这些喝酒长大的人来说
冲锋陷阵的功能不会随时间流逝减弱
企业改制和利润改善让流动性明显增强
板块轮动，酒的大盘一直在震荡上扬

每个人的估值都不能用金杯银杯衡量
对咱们赤水河来说，酒不是问题
问题是天下没有不散的筵席
问题是我要等的那个人始终没来

从黄昏到黎明，喝酒的人在桌上堆积
微信最新动态，堆积荤的素的段子
堆积酒的豪情与放慢节奏的夜晚
和对某个人不着边际的感情

2017年9月8日

劝酒的人

在咱们赤水河，喝酒就是喝GDP
一个镇的一个县的一条河的GDP
绿色的GDP，都在你手上的酒杯里
——那么多赤水河人民看着你呢

以人民的名义喝下这杯酒
你关心的高速公路星级宾馆
甚至被历史学家忽视的如厕难题
全都在你手上的酒杯里

不要有压力，喝酒就是释放压力
就像大盘洗洗才会健康
每一次回调都是抄底加仓的良机
因为行情总是在犹豫中上涨

这峡谷的山也不会让你"恐高"
这河里的水绝不是空头的假水
农业供给侧改革的利好一个浪头打来

高送转的填权行情杯酒岂能封住去路

只要咱们再喝出一个8000亿市值
这盆地边缘沉淀岁月精华的高粱
这体积巨大的赤水丹霞地貌
就会取出激动人心的洞藏

在赤水河，有一百种方式让你喝下酒
但只有一种方式把你彻底套牢
那就是徐徐晚风中飘荡的酒香
诱使你的视线超出酒杯的限制

2017年9月8日

醉酒的人

我能想到最浪漫的事就是和你
青草池塘人约黄昏对饮成三人
这酒的汉字一旦放开手脚
别说起舞弄清影，生儿育女都不是问题

那么，你会接受我的邀请吗？
接受永和九年那场醉的不朽
接受有限酒杯中的无限、浩荡与自由
一如赤水河不计时间成本的奔走

为什么不是山阴兰亭而是赤水河？
对一个醉酒的人来说我早已失去时间
既然能把酒问青天，那空间就不是问题
你能临摹王羲之，我为何不能效仿李白？

这注定是一场写不进历史也留不下芳名的醉
我们能够在袒胸露乳的赤水河把酒言欢
不是因为这60公里河道弥漫的酒香

而是这三个字在白酒江湖至高无上的坐标

如果赤水河不是会稽山阴兰亭
二郎镇也不会是李白长安东坡赤壁
留下名字的饮者都在后人的书写里
我们把酒问青天，只是平添入梦的勇气

从竹林七贤到饮中八仙，从陶潜到杜甫
即使最平常的周末聚餐，要读懂古来圣贤
你没有以斗为单位的酒量恐怕不行
没有酒不醉人人自醉的领悟恐怕不行

酒品见人品，感情深一口闷
我们虽不是魏晋名士水泊梁山英雄
酒杯虽小气氛和排场却不能小
谁让你有太平洋加盖原子弹抛光的豪情

不要说你喝惯了浓香突然喝酱香上头
行情可以超跌反弹，高价股为何只看不买
给老婆一个交代不如给自己酣畅淋漓的醉
文化是什么？文化就是酒醉心明白

酒壮英雄胆。你我心底的那点渴望
自私与自信、执念与杂念、忙乱与慌张

与生俱来又无法摆脱的孤独与自卑
都在这杯酒中获得自由和永生

酒醉不是麻醉。酒能让死者重新醒来
带着酒香的赤水河就是清晰印证
一如就地卧倒的行情也会触底反弹
绝望从未放弃希望，死亡否定不了新生

醉酒人的背影总是让人惦记
那不是灯光和胡言乱语的堆砌
而是一种乌托邦式的清醒与纠结美
与世界的善与恶、人品的灵与肉无关

请你说话不要夹枪带棒，几杯酒就足已
取我的性命。醉酒的过程就是我向你
敞开心扉的过程，从忘情地笑到忘情地哭
酒液熨过肺腑，我把心底的秘密全掏给你

在漫长岁月中，被酒香放大的赤水河
攫取每一颗走进的心脏，接续着你我的
前世今生。在这杯永远喝不完的酒里
人生和自然的本色显露得一览无余

2017年9月10日

唱酒的人

有那么回事——
酒杯端起来，唐诗宋词活过来
活过来的诗与词，总在酒酣耳热之际
踏着赤水河轻盈的浪花拍肩而来

仿佛伸手就能够触摸到圣人的肩膀
仿佛端起酒杯就能用古老的韵脚抒情
无论白发三千丈还是明月几时有
我们都能借助手机接住李白苏东坡

有那么回事——时间是流水
这条波澜壮阔的大河
就是我们酒后永恒的抒情
挽留属于赤水河的诗意空间

感受文字水滴石穿的强大力量
以身体和血液的通透唱腔
破解关于时间与死亡的哲学

交出自己酒气未散的模仿与重复

夜晚像水一样自由、潇洒和率性
每个喝醉的人都想在上面留下印迹
天地宽广，时空深邃，酒杯深处
你取出令人缅怀又无法证明的伤痛

2017年9月10日

品酒的人

给还没喝的酒取一个名字
慕容或楚楚，决定身份地位高低的
是历史和掌故。即便同出一门
也尊卑有别，年份之外还有工农牌

酒一旦喝了就只有好和坏之分
就只有继续仰脖子还是皱眉头
追涨杀跌还是不动声色耐心持有
取决于换手率背后是否量价齐升

明显的诱多之后，众人皆撤而我还在
北纬28度的山上苦等"解放军"
那些事后方知的波段操作
只会使持仓成本越垒越高

酒量再好我也只是用舌头浅尝辄止
学会克制让我放大了酒的局部
那是水的滋味风的滋味时间的滋味

也是故土乡谊坚韧勤劳和千年的传奇

作为中国为数不多的品酒大师
我得给这还没喝的酒取个好听的名字
就像业绩再好没有故事的风口起飞不了
即便是一杯酒的香，也会让你灵魂出窍

2017年9月8日

酿酒的人

群山屈身于黑暗，路像人一样死去
只有河水还醒在粮食和沙土的坟墓
你跳来跳去的脚板踩痛了我的嘴唇
水的血从端午开始制曲重阳开始下沙

一千年的老手艺在你身上弯腰重复
你用光影来计算时间，钱都是一个模样
季节气候和微生物活跃如K线图
组装出九蒸八曲七取三陈盘勾的奥秘所在

北纬28度的河边，到处是透彻的植物气息
那些神秘的酿造奇迹在波尔多兰布什米尔
和赤水河的南岸北岸弥散着馥郁的酒香
为一个迷离喧嚣的岸上世界祛风散寒

跳来跳去，专注于脚板浸满汗水的忙碌
脸上看不出杂念，仿佛身后的时间归零
除了在我嘴唇的地板上翻沙散热

除了高粱和沙土都想挣脱时间的统治

同一个人不会两次踏入同一条河流
同一粒粮食也会酿出不同品质的酒
你得为酒的名声负责为千年老手艺守灵
为人们在俗世里失去的东西用酒找回

侏罗纪青年成就了水的"红色"底色
最质朴的恰恰是最真诚的，郎泉和龙洞
足够你在有限的酒糟里描绘世界的无垠
因为没有一滴酒是以它本来的样子流出

如果说时间孕育了赤水河的神奇
那么千年手艺的创新就是险中求胜
酒杯留出巨大空白，价格你说了不算
因为业绩的增长跟不上股本扩张的增速

对一个单纯酿酒的人来说这些都不存在
如果灵魂存在于血液人的精神就存在于酒
三年的漫长等待，开坛那一刻你却睡着了
入梦的瞬间，你找到只属于你和酒的碗口

2017年9月8日

拉酒的人

车子驶出二郎镇，拉酒人的脸
开始像时间一样模糊、晃荡
地上的车辙越清晰你的脸越模糊
弯曲的赤水河始终只看到你的半张脸

半张被朝霞与晚霞轮换的脸
像股市行情一会儿绿一会儿红
让人不知该买进还是该卖出
这些承载诗和远方的GDP

高速路收费站的栏杆打断了思路
也截断了酒的退路，要去向哪里
能去向哪里，这是酒杯的问题
也是半张脸苦苦思考的问题

高速路接续高速路，诗和GDP继续上路
不知是时间带走了你，还是你带走了时间
从后视镜里离开的故乡不是故乡

从红绿灯里进入的城市不是股市

尽管诗能走多远酒就能走多远
还是落袋为安吧！在一张桌子上
卸下这些赤水河的微生物
让它们复原被时间发酵的半张脸

2017年9月9日

带酒的人

带酒的人从不喝酒，就像我从来不打牌
家里却摆有待客之道的麻将桌
我们在桌上推杯换盏，你没能忍不住
——带酒和置办麻将桌都是中国哲学

这些从古至今的哲学，把我们摁在桌上
无酒不成席，现在三缺一
你能逃脱历史的最高点
却逃不脱一张桌子布下的局

不喝酒的带酒人，将自己的情谊寄托在
我们的酒杯里，就像小散把发财的希望
都寄托在主力的轿子里。问题是水能
酿酒但代替不了酒，以水敬人太过直白

我不知道看别人喝酒是什么滋味
但我知道看别人赢钱心里很不是滋味
就像大摆夜宴的韩熙载宁肯自己烂醉

也要树立宁伤身体不伤感情的待客标杆

躲在酒杯后面看别人喝酒的兄弟
犹如在模拟盘中看股票大涨大跌
酒杯里的爱恨情仇、悲欢离合
潮水一般冲击着肝脏虚弱的防线

那一晚的待客之道，忽然间沉默
沉默里充满短暂与永恒的纠结
再好的一手牌不下叫永远和不了
而酒的友情只存在于酒的血液里

如果一杯酒能破解时间与死亡的哲学
那么酒便能以自己的轻战胜生命的重
因为，再坚固的酒杯遇到酒也会变得弯曲
不喝酒的人怎会明白赤水河对酒的情有独钟

2017年9月10日

第三章　请给敦煌经卷留点时间

一张纸的宿命

一

是的，历史的天空绝不只有三角梅
在阳光照不到的伦敦亚非学院，一页纸
本来不会被我们看见，就像我和你之间
本来横亘着一个沉默寡言的木匠

还好，纸的灵魂不需要摆渡也不会出售
即使王道士的橡皮擦在洞窟密室放过了它
斯坦因也会用马蹄银把它送进大英图书馆
让这些"吾国学术伤心史"被我们看见

故国已远。敦煌犹如一只被时差颠倒的闹钟
你不得不与时间的泥石流来一场赛跑
让税单、合约连同佛经发出历史的声音
那是茶叶与丝绸的故乡，散发着浓郁的气息

二

这可能是你对那片蛮荒之地唯一的兴趣
文明被写在山体的脸上历史被藏在密室里
比起欧洲早产一千多年的纸页
被无数书写者遗弃给了时间和风雨

轻轻打开这些黑暗里散发光芒的纸张
你会听到迷人的声响，就像历史的声音
在文明的长河里回响。敦煌经卷
截住走过丝绸之路南北分界点的脚步

你看见道士的脸上写满生活日常的焦虑
而你正困惑于听不到历史的声音
这些断章残卷聚集了前秦到南宋的生活嘈杂
佛祖和世俗大众都在纸上安详发出声音

三

这声音是风，是水，是滚滚红尘里
中国人一千多年生活日常的痕迹
都被时间隐藏在这一万四千件经卷里
书写只是以转瞬即逝的方式呈现永恒

只要纸上的文字一开口，执笔者就失去
自由，远离他的身体和思想
因为字迹覆盖不了历史的声音——
没有一个聪明人愿意以第一人称出现

守护这些声音显然是件十分危险的事情
因为它们并不属于守护人自己
即使是强盗斯坦因也懂得分享
你只是为拥有过保管它们的特权感到自豪

四

必须说到特权者的自私。比如唐太宗
以惊世骇俗的自私让山阴兰亭的硕果陪葬
永不消停的复制品不得不为文人心病疗伤
质朴文明在历史长河中失去本来面目

一张纸的命运不该由特权者掌控
世道人心的凶残都与纸无关
它只是以转瞬即逝的方式呈现永恒
阻止城与物的时间丢失于记忆和传说之中

纸本身并没有精神也没有傲慢与偏见
时间悄无声息在上面留下痕迹

再大的人群再多的物也都能收容于一张纸
人只需要在上面努力把话说清楚

五

所以纸能掌管历史却不能掌握自己的命运
能堆砌出一个人与物极大丰富的城
却不能还原书写者本来的面目
比如张择端，比如孟元老

人能走出地理的迷宫却走不出纸的迷宫
从马可·波罗到博尔赫斯，他们都曾
试图甩掉神秘的追踪者，疯狂地漫游
最终只是在纸的地图上画出杂乱无章的线条

书写者可以说谎但无法封住纸的口
文字本身会失去方向但纸却不会迷路
所以你有了质疑马可·波罗的勇气——
游记里遗漏了喝茶、筷子和长城等事物

六

可以肯定，纸不会像白菜一样以貌取人

它只会向一个好奇多思的心灵敞开
如同声音只会向倾听者发出声音
迫使听到者重新审视自己的观点

这个世界纸永远比人了解自己更多
就像在漫长的岁月里纸比人走得更远
从敦煌到伦敦，从书桌到图书馆
你时刻感受到纸尖锐地存在

决定人一生命运的离不开一张纸
或者说人的一生逃不过一张纸的宿命
不需要词语堆砌纸就会要了人的命
在时间的任意角落都会让第三者看见

七

纸的声音通过人变成另一种声音
当声音落在纸上，我们是震撼还是惶惑？
如同屏幕上那页来自敦煌的《金刚经》
是洗去强盗的罪恶还是感激修复者的辛劳？

纸上的阳光雨露清风明月耻辱和怅惘
都在时间的长河里与因果报应和解

无论《寒食帖》还是《富春山居图》
终能在时间的某个站台与你相逢

从前秦到南宋，从丝绸之路到全球一体化
纸从未走远。即使人和物的原音消失了
一张轻薄的纸又能还原他们的声音
这些循环重生的声音又改变着我们的声音

八

人的眼睛可以在纸上不着痕迹
手中的笔也可以力透纸背
纸是如此吸引人却又让你无法舍弃
尽管它记录历史的功能正在被削弱

存在于一张纸仍是大多数人的宿命
尽管你不是佛教徒，但只要佛祖开口
仍然乐意从一张纸上听到他安详的语调
——没有比这更令人心旷神怡的了

纸上的声音和轮回如此令人着迷
尤其夜深人静打开一页空白的纸
谁都免不了有一吐为快的冲动

尽管你想说的一切都已发生

九

空白的纸是敦煌留给时间的飞地
当你从远方收回无所适从的目光
还真只有它们是最好的着陆场
透过纸背光芒，便知曾经心高气傲

掌握大唐盛世《金刚经》里的声音
我想你内心的苦难多少有些减轻
站在麦积山上，芬芳的丝路又活了过来
守护这些经卷，你成为永远的敦煌少女

阳光洒在五彩斑斓的山岩上
无数次照亮从伦敦到敦煌的往返旅程
一万四千件经书的血已经融入你的骨血
无形中，你觉得把自己的生命延长了

十

是的，陪你到最后的看来也只有它们了
这是你把最好年华献给大漠戈壁的唯一乐趣

修复整理归类挂网，这些经卷迎来新生历程
并试图用浅显生动的语言分享给世人

让每一个站在这些纸前的有缘人
都会在心中找到属于自己声音的交汇点
只有倾听历史的声音才会知道自己的位置
才会在循环中找到对抗死亡的力量

流逝的生命和记忆都在纸的循环中再生
无论是开启密室的王道士还是守护今生的
女博士吴芳思，关于我们祖先的信息
都在远涉重洋的经卷上找到归宿

十一

如果你到伦敦，请给敦煌经卷留点时间

第四章　灵魂被时间偷走了地址

开　路

大雾没能阻断我回家尽孝的路
黑暗却阻断了奶奶去往天堂的路
那一声"好黑呀"的梦呓
大半年来时常将我惊醒

狭小的堂屋里，穿戴整齐的奶奶
安静躺在那里。94年的循环张望
望断天涯也望断归途
最后一刻却被时间偷走了地址

道师先生写好丧榜画好符咒
用锣钹唢呐召请五方开路将军
为她打通早升极乐的冥路
她却逆着光把身影隐藏在屋檐下

任由香烛锣钹鞭炮抽空躯体
接纳儿孙们的下跪祈祷
从七涧到龙洞，从院子到院子

时间偷走了她贴身保管的地址

失去地址的亡灵如何脱化生方
如何穿越黑夜和大雾隐藏的
那个从未抵达过的世界？
她一直躺在那里，我们不停在转动

我不是没有眼泪，只是不敢流出来
让别人看到我的伤心逆流成河
就像她在十一月的秋夜因老告终
不麻烦别人也不麻烦自己

大半年前那声"好黑呀"的梦呓
该是她在人间最后的不舍
犹如这季节田野透彻肺腑的荒凉
失去握住泪水的凭据和落寞

我们唯有低头，唯有祈愿五色毫光
让她获得一份勇敢独自穿越黑夜
遁入大地四季轮回的深邃与空灵
在春风又起时接续前世今生

2017年11月19日

守 夜

夕阳在哀乐中缓慢放手
缓慢放下山冈、树梢和杂草
田野暂时一片空白，等待安息
的灵魂被哀乐和鸟鸣充盈

我点燃手中的蜡烛
黑暗迅速捧起这幼小的光
就像捧起她轻薄的灵魂
沿着光明的阶梯缓慢爬行

在把失去的睡眠找回来前
生怕一丝光从指间滑落
怕她在人间最后的气息
被秋风打进冰凉的泥土

幼小的烛火，虽不能让她
从黑暗中突围，却能让她
平添几许面对死亡的勇气

在道路的转角回到时间长河

烛火砌出泪痕，哀乐切薄黑夜
灵魂仿佛拥有了穿越时间的能力
等从死亡巨大的幻灭感中解脱出来
请原谅我这孩子式的偏执

2017年11月16日

遗 像

给空白的墙上挂张照片
让哀悼者的眼泪找到焦点
这是道场开始前的标配
但墙上一片空白。哀悼者正在前来

香烛和哀乐显不出她清晰的轮廓
不能让她的影子在墙上飘浮
照相馆一脸认真的师傅，却无法
从身份证和医保卡分离出她的面目

自责和内疚收起一路的悲伤
还好微信里翻出她一张近照
那一树红火的桃花被电脑砍伐
黑与白复原了她春天般的笑容

遗像挂到墙上，放大的音容笑貌
瞬间充满了墙壁和眼泪的空白
从四面八方赶来的哀悼者

感受到亲切笑容背后死亡的庄严

如今墙壁和眼泪都不再需要遗像
我们还是习惯把奶奶留在墙上
偶然整理带回的遗物，几本相册里
躺着好几张更适合做遗像的清晰照片

2017年11月27日

关　津

孝心被普通的草纸包装成金砖
先人的名字被七嘴八舌找出来
在火光送给奶奶和他们之前
沿途还需打点那些孤魂野鬼

这些毛笔书写的纸上艺术品
俗世的艳丽与丰盈，孝道与祈求
都收纳在看似单一的墨色里
在火中突破死亡对生命的限制

这一笔笔巨款能否平安送达
棺椁中的亡灵能否升入天堂
取决于一页草纸能否收买
黄泉路上的摆渡人

人与鬼在一张纸上的较量
如此惊心动魄，如此用心良苦

生命即使突破时间的控制

也难逃小鬼的纠缠

2017年11月19日

道　师

给要流没流的眼泪致命一击
给要走没走的灵魂通关开路
是他们四个区别普通人的工作
尽管没人能听懂他们唱的念的啥

对神灵的尊重让他们看起来
比死者家属还悲伤还虔诚
在你下跪磕头前他们已屈膝跪下
只是他们的眼泪得让你来流

年纪最大的祖师爷已经八十出头
32年前他以徒弟身份送走了我爷爷
如今他带着徒子徒孙为我奶奶超度
一根旱烟杆是他从未改变的标配

年轻的眼镜是个80后青年
骑摩托玩微信嘴皮一张就挖坑
让你不断掏出兜里的人民币

面额小了入不了他的法眼

这些模样和衣着普通的乡下人
终日口吐莲花与鬼神交易亡灵
他们达成什么样的协议
由不得你信还是不信

32年里我只见过那位大爷两次
他的生活还是保持原样
而他走过的乡村却衰老得杂草丛生
不知是法力无边还是时间梦幻性透支

2017年11月20日

打井水

上山的时间定在明天清晨
黄昏时分，一行人走向田野
在杂草和灌木丛里扒出老井
为一个口渴的亡灵打井水

道师用锣钹中止了老井漫长的
中场休息，露出不知深浅的晕眩
几点浮萍像不断扩散的老年斑
在残垣断壁的额头刻出沧海桑田

透过天空围成的取景框
我还没来得及看清自己
奶奶一脸的皱纹浮出水面
眼泪像幽光弥合井壁的缝隙

嘈杂的脚步已扶不起草的记忆
这个雕刻岁月痕迹的地下宫殿
在被污水处理厂推平靠山的那一刻

自来水让家里的水缸成为多余

对一个风烛残年的老人来说
每一次拧开水龙头都让她感到压力
仿佛只有面对这口沉默的老井
过去发生的一切才会在水中倒映

溢出心灵的光才会照亮生活的日常
保持低调和谦逊，拉开与时间的距离
尽管深埋草丛，那份如初的寂静
仍让你对视的眼睛藏不住慌张与虚伪

遗落荒野的老井，满脸皱纹
让我抛出的水桶显得有些犹豫——
想舀出干净部分而又不破坏它的样子
——谁来帮我解决这个技术性难题？

2017年11月25日

散　花

乡村这个季节还开什么花呀？
劣质扩音器把夜晚切割得高低不平
长满杂草的田野在声音里疯狂开花
红苕花喇叭花豌豆胡豆花儿开呀

道师先生阔大的嘴唇随便一张呀
叫得出名字的花儿穿越季节而来
黄的白的红的粉的黑的紫的花
堆砌出地狱的层次与秩序

这些看不见的花啊，在锣钹木鱼
唢呐的伴奏里一瓣一瓣撒向
半片瓦的血河，让渡尽劫波的亡灵
飞升天堂与诸神和先祖同在

声音的花朵大把大把撒向地狱血河
为了亡魂得到安息，为了死亡的阴影

不再笼罩活人，跟着道师先生转起来吧

——只是别忘了扔下你兜里的人民币

2017年11月18日

唢　呐

终于在疲惫中等到这一天
唢呐吹开乡村清晨的薄雾
出殡的大轿被八个壮汉抬起来
我忍住泪水：这是在送新娘子么？

尽管那位新郎已等了你32年
尽管山路已被唢呐吹去崎岖坎坷
身心所受的污染已被五方神灵洗濯干净
那个陌生的地方从此只有月白风清

那份生与死的欲念，那点在田间地头
积攒的渴望与求索，从此都将交给
那位等了你32年的旧情人——
他为你准备了灵魂的酒药和饭食

唢呐低回，仿佛你又在念四言八句
仿佛找到他你才找到了真正的自己
洗去尘埃，没人知道你盖头下

那张让人看着心软的脸

沿途的秋水无比清澈透明
送行人群中那滴遮掩已久的眼泪
被唢呐吹得像风中的纸屑
在映带左右的河湾高高抛起又落下

唢呐吹起来，天空擦亮眼
如同你善良得令人心碎的眼眸
我们焦灼的表情松弛下来：人都走了
活着的还有什么不能放下？

八抬大轿在鞭炮中轻轻落下——
好大一声叹息！你入土为安的山坡
晨曦里的两堆黄土像是从未分离
仿佛你们一直在谈恋爱

2017年11月16日

烧　灵

给逝去的奶奶盖一栋房子

三层高的楼房道师一天搭起

一栋向阳的极乐宫

在空阔的田地里等待奶奶转寿

等待她的所有气息与人分离

尽管这个世界的善恶已与她无关

亲朋好友的哀思都寄托在纸上

熊熊大火拿走了生产生活的用品

当鞭炮又将音容笑貌高高擎起

我不知道该如何把她放下

在时间的任意角落

她都能凭空掏出眼泪和模样

那些迫不及待撇清关系的家伙

将麻绳孝帕三次抛过屋顶

我从火中听出她的叹息

犹如泥土，那样持久那样坚韧

2017年11月19日

散灾饭

送行的送礼的帮忙的都围在桌上
吃完这顿伙食，咱们各回各家
没人会挽留你二天再来耍
安息的灵魂不希望说再见

至亲的儿女们可以吃肉喝酒了
母亲已在八经八忏中获得自由和永生
她定格吃喝拉撒的那个时间
是传奇也是激励我们活下去的目标

道场结尾的这顿散灾饭
欢声笑语重新从粮食蔬菜里喘过气来
厨师的手艺成为大众点评对象
咸淡酸甜麻辣丝毫不顾忌身后的厨子

从鬼门关安全送走亡灵的道师
或许是法力掏空了身体
手里的酒碗走得颤颤巍巍

几块大肉下肚总算稳住了阵脚

回过魂来的村庄都围在饭桌上
少了哀乐伴奏的划拳声放开嗓子
道师先生的"二红喜"还没喊出口
一个电话打进来：后村的甘大爷死了

2017年11月18日

第五章　时间流动得如此地缓慢

海南，我是你身体新长出的一块礁石

以南中国海为背景
从一滴水一粒沙的精华里
我以石头的名义裸露黝黑身躯
长出岛屿新的海拔高度

这不是聚沙成塔的文字游戏
这是年轻的力量在向上生长
从透明的海水里
长出海南身体的一块礁石

坚硬的石头迎风吹拂
仰望星辰坐看云起潮落
犹如灯塔温暖远航或回家的船只
让大陆的视线在大海延伸

比起祖国九百六十万平方公里的辽阔
我这块透明海水里新长出的礁石

放大了这片海域的取景框

足够你在上面勾画自己的时间和空间

2018年1月19日晨写于上海，21日改于成都

椰子树的故乡

在海南，与一棵椰子树对视
你需要准备好眼泪的渣盘
无论海边还是路边，任何一棵树
都能卸下你四面八方的杂念

风的括号里，椰子树排名不分先后
持续向你诉说大海的辽阔
天空的深邃和人世的沙子
都在激情的烂泥中化为灵魂的粪土

对视。身高和距离不是问题
只要眼睛是平等的
即使坐在树下的长椅上
我们也能与石头和故乡和解

站立，以椰子树的名义
看山是山看水是水看人是人
这个岛屿从来不靠废话生存

即使保持沉默也是不被浮词蒙蔽

即使海风停止吹拂，椰子树的灵魂
也不会飘落。越过那些洗净杂念的
空长椅，镀金的天空中
飞鸟带着故乡的语言闯入

2018年1月7日

一个人的海滩

天空在她的臂膀里阴沉着脸

霏霏细雨让浪漫变成无效合同

五源河湿地公园的这片海滩

她像草茎的阴影摇晃在沙滩上

从东到西，又从西到东

她重复着弯腰的姿势

捡起别人丢弃的矿泉水瓶

不让灰尘在沙的呼吸中燃烧

偶尔抬头仰望守护大海的椰子树

那是她唯一可以倾诉的对象

这片海滩造得如此美丽，仿佛

在设计时就考虑了她的位置

为了排遣她的孤独和劳累

我故意在沙滩上留了一行字

"我决定去谷仓里度蜜月"

——为了让她过得体面些

2018年1月7日

坡村的微花

坡村很小，像你看到的花一样
无论兰花草还是锦绣苋
哪怕是阳桃或者红花羊蹄甲
都只有在微距里才能放大效果

坡村执着于这份小而美
就像雨珠留恋含羞的花朵
母鸡带着小鸡把屋前变成屋后
水牛把外乡人的目光留在田地里

在坡村，距离总是慷慨大方
不用去时光邮局寄出经书的正义
你抬脚就能沿着来时的路从心出发
经历革命老区厚重历史的洗礼

坐在公社食堂的饭桌上
"革命大鹅蛋"让胃铁骨铮铮

勇敢就是关键时刻你能不能

像千日红一样顶得住风吹雨打

2017年1月7日

吹口琴的老人

他／她已经老得看不出性别
一把口琴却吹得那样青春动人
他／她从我身边走过
一把口琴吹得那样动人

坡村的时间流动得如此缓慢
看不出性别的老人
在琴声中消磨着岁月
占有我所没有的东西

就像在看到大海之前
我感觉到血在身体里激荡
过去的现在的将来的事物
都在口琴的结尾处呈现

而黎乐园舞台上拉二胡的老人
接续了一个村庄的文艺演出

在这个黎韵悠长的世外桃源

每个人都是生活的表演者

2017年1月7日

锦母角的灯塔

在一次偶然的回眸中
我望见你戴在山顶上的红帽子
傍晚的云雾隐去了你的下半身
却无限抬高了你的天际线

你每天都在与大海做交易
为航海人指明方向
就像一位古老的智者
所知甚多而所说甚少

你的目光拉得很长
一望就是几十上百年
看清大海的关节与经络
解开大海无穷无尽的秘密

而我们的眼里只有此时此景
哪怕一千次回眸也看不清

你脸上的表情和内心的丰腴

即使藏身于黑暗也服侍于光明

岁月的折磨让你保持沉默

你眼里早已没有好人与坏人

最邪恶的人身上也会有某种美德

好一个被夺去头衔的孤独守望者

你照亮的不是航海人的方向盘

而是大海无穷循环的迷宫

对你最好的赞美和想念

就是捡个贝壳回去让大海澎湃汹涌

2018年1月7日

为人民读诗的茅屋

能拿多少就拿多少
这夜晚本来就属于人民
就像飘飞的细雨本来就属于诗
诗人和人民相聚在同一屋檐下

为人民读诗，是陵水这条小巷
仅有的一栋茅屋的出生地
亮着灯光的门迎接南腔北调
也迎接每颗为诗疯狂的心

屈身高楼下的这间茅屋
你能听到原生态的大海声音
生命中难掩的尴尬都能在一首
诗中和解，为明天博得几许光彩

赞美夜晚的潮湿，赞美透光的窗
梦里不会有台风翻动书页

属于每一个人的出生地

都在阳光灿烂的日子回赠给人民

2018年1月8日

黎家小院的绣娘

她们的快乐比生活简单
几根针线和几根竹竿
就能织出穿的衣跳的舞
向过路的外乡人交换审美趣味

三岔口这个逆着光的黎家小院
像高大的椰树密集的五色苋
阻挡了那只射向我们后心的响箭
犹如地图上某个空白处的桃花源

没人知道她们要在布上绣出什么
即使白银装饰了她们的发际线
她们也不会认为海风属于自己
真正爱着的恰恰是那些没用的事物

从北方到南方，从阴天走来的
一群寻找诗和远方的外乡人

在中廖村把自己变成一棵波罗树

只需要阳光和水，就能与虫子一起生长

2018年1月8日

被复制的船说

锐利的阳光刺痛了船板的眼睛

八百年漫长的中场休息止于水面

沉睡海底的珊瑚沙让我记忆有些凌乱

忘记入水的姿势是否有过痛苦和慌张

依稀记得那是一个文明的正午

大地的尽头，太阳从海上升起

海面像暗处抖动的锦缎闪着幽光

人心像鸟一样在更大的世界中翱翔

和光同尘。繁星般密布的海岛城邦

将是我此行的目的地，在喧闹的集市

我将交换随身携带的精致瓷器

改善热带雨林原始居民的生活日常

迎着海水透明的目光，世界像箭一样坠落

丝绸如酒瓷器如糖，软化异族的胃和身体

精于买卖的宋朝人在大航海时代如鱼得水
南海冬季盛行的东北风却在华光礁布下迷宫

一个巨浪结束了我这次没有终点的旅行
晕眩中忘记了入水的姿势有无慌张和痛苦
在漫漶的梦中感到自己成了某种透明的物体
一个渔民轻而易举就看到了我的隐身衣

洗去厚积的泥泞，黏结破碎的裂痕
被珊瑚沙软埋八百年的我又活了过来
在博物馆卸下万件印证荣耀的瓷器——
刺痛每一双眼睛，让参观者被潮汐充满

2018年1月9日

博鳌的好声音

这是声音汇聚的殿堂
海的声音鸟的声音花的声音
阳光的声音，不同皮肤的声音
都在万泉河水清又清的迎宾曲里

一年一届的世界声音大会
让每一个声音都有平等表达的权利
让他们代表的每一条江每一条河
沿着玉带滩敞开的胸膛漫游扩散

每一个声音都能让世界变得安静
无论深情还是激昂，分歧还是共鸣
所有的声音都直抵人心，都在
喷泉广场留下持久回响的大合唱

顺着声音的目光，"人类命运共同体"
正在放大东屿岛的朋友圈

在南海之滨的博鳌独立潮头

让每一个走进的人都能找到母语

2018年1月10日

三亚的玫瑰

那些曾被漠视的生命和疾苦

都在这块盐碱地里重拾尊严

你要寻找的没有时间的居所

不在大海深处在这开满鲜花的山谷

风从一朵玫瑰吹向另一朵玫瑰

花开的声音回荡脚步的起点和终点

属于每个人浪漫的那一部分浮现出来

神圣的爱情契约订立于一枝玫瑰

三亚的阵雨让玫瑰在花园陷入沉思

人与大地的疏离就是人与自然的疏离

每个人的精神生活中有无数朵玫瑰开放

我们在自己的名字中被眼泪识别

近距离凝视这挂着雨珠的玫瑰

熟悉的事物总令人安心

落日跌进花瓣，海水提纯相思
蝴蝶扇动翅膀让雪花飘落北中国

阳光下，每个人都是移动的花篮
香气的鼻子顺着海风伸进唐诗宋词
成为芸芸众生日常生活的情境——
在格律精严的仪式中发泄身体的快感

听海观山吟风弄月，玫瑰的一缶之香
让亚龙湾的浪漫无限延期
如果灵魂不能在这里安息
生活将会变得不可救药的无趣

2018年1月11日

第六章　借来的时间已还给泥土

老　屋

冬日的阳光从屋檐滑下来

巨大的黑影犹如海水落潮

沿着荒草的台阶一步步退下

像是欲言又止抑或重新开始

借来的时间都已还给泥土

隐喻如同生命看上去牢不可破

一缕炊烟显不出声音的轮廓

都在这里，你的血你的肉你神经的骨

那些被惊蛰谷雨芒种霜降轮回的

田间地头，在二十四节气里

固执地昏迷着，拒绝着风的好意

老屋就像荆棘扶起的一件有用摆设

再不会有人把倒下去的扫帚扶起

墙脚的皂角树和仙人掌越是茂盛

老屋越是苍老，要不是墙上的遗像
蜘蛛早已接管这里

偌大一个村庄只剩下一个清明节
极为耐心地等待压抑已久的眼泪
在偶尔月明星稀的夜晚放肆嘹亮
——谁让你向时间借出老屋端详

2017年12月2日

东郊记忆

你看到的和我看到的一样
曾经呼啸沧桑的国营时间
在这里静止下来。以一台机床
一座水塔，一列火车一把吉他
一张招贴画甚至一排木栅栏
静止下来。一条红砖铺排的道路
把昔日紧张忙碌的厂区水泥路
慢下来。目光所及
金属钢铁全都在侧耳聆听
没有计划，没有目标，没有声音

铁疙瘩做的九子棋，轻轻翻阅旧时光
生锈的锅炉闲看水池里的锦鲤游弋
落满灰尘的长廊手掌在墙上按出印痕
轨道上的绿皮火车只有拍照人在走近
广场上的人群里独缺手提饭盒的钳工
厂房空旷如同刚修建好的模样
车间溢出啤酒的泡沫果汁的甘甜

小礼堂的舞台上，中法诗人在朗诵
成都与巴黎的优雅与浪漫

身穿燕尾服的指挥家爬上水塔顶端
指挥蓝天白云红墙绿树起舞弄影
当烟囱点燃世界第一高新年蜡烛
成都舞台让每个人的情感尽情抒发
明星艺人的手印让铜墙铁壁疯狂
天籁街上走一走就像来到天堂门口
没有人会觉得自己是多余的
没有人不觉得自己是自由的
就连警务室的屋檐也戴着耳麦
聆听时光留声机泛黄的唱片

静止的机车，静止的光阴
只有人在抵达没有人在出发
哪怕是路过的阳光或是雨水
都愿做一个齿轮，做一个螺丝钉
在这城市的东郊
保存一个时代的体温

2018年11月21日

醒来的宋瓷

仿佛是一个梦。在我酣睡的地方
安放灵柩的锄头中止了我的睡眠
泥土中软埋裸睡的身体，结束了
在遂宁金鱼村漫长的中场休息

失去时间的黑暗啊！阳光刺痛双眼
我的意外醒来让锄头陷入迟钝
一双陌生的手把我扶起端详
一个陌生的声音像是为我重新命名

宋瓷——这该是我出身的那个年代
如此八百年的漫长睡眠，记忆已生锈
如此完整高贵的我为何在异乡软埋？
居于川中荒村我的主人又是谁？

失去记忆地意外醒来，只有我
不关心陌生人那些珍品和孤品的赞誉

我得循着同伴的模样找回失去的目的地
看清那个年代被蒙古铁蹄追赶的背影

那些回不去的八百年往事被重新提及
无论是读还是听都没人告诉我真相
唯一能确定的只是我出生那个年代
通往钓鱼城的路都被马蹄和鞭子阻断

泥土的软埋暴露主人的慌张和草率
他拿我交换的平安应该是出了意外
八百年后唤醒我的锄头说着白话文
逃避昨天的历史让我意外成为传奇

如今身处博物馆展架，和陌生人合影
"我将永不会为我的灵魂找到休息"
尽管软埋的裸睡让我失去时间和记忆
但我确定，我仍将比你们活得更长久

2017年1月1日

报上名来

都过来吧，说出你的名字
一棵树的生死与你无关
黑夜过后就是黎明
神已为你准备休息的长椅

幼稚的阳光还在草丛里生长
所有人都在提防从迷雾里冲出的死亡
那个知道城市下水道秘密的人
可能是你也可能是躲在墙后的某个人

救命的水管到底藏在哪里？
神把船拖到山坡上，偷画地图射出响箭
在城里人还没有醒来前挖好坟墓
埋葬偷来的玩具，发誓以后不再相见

我们都去教堂吧，青砖砌出的教堂
每一个座位前面都放着一本经书

彩色窗户下是模糊不清的名字

为了罪过，请不要在这里撒谎

凭空消失的水管成为医院病人的希望

上帝爱你，用他的火焰洗去我的罪恶

上帝爱我，用他的火钳拔除水的疾病

干净的水，就像母亲，生命之初的你

幼小的阳光在迷雾里走得艰难

为了休息的长椅，夕阳在侧脸上看到

来世的光影在白雪覆盖的森林，喊出

那些散落在经书上模糊不清的名字

2018年1月25日

下午茶

这是一天中最好的时光
盲目的早晨和喧嚣的黄昏
都已在瓦片上掸去灰尘
四方天井只剩几瓣茶叶在杯中游走

书生和小姐都在书中午睡
青鸟看见的一庭晴雪，已被蛙鼓蝉鸣
移出宽窄巷格律整齐的月门
褪去一身骄傲的太阳像条哈巴狗

安于现状，下午的茶杯清澈见底
偶然回忆也只是迫使嘴唇战栗
再宽大的风从巷子里冲进来
也只看到我瘦削的背影

既然生命被系于一根绷紧的弦上
何不在夜晚的练习琴声响起前

一个人守着一杯茶

不惊动别人也不惊动自己

2017年5月21日

从前慢

那时候时间都埋在土里
阳光埋在土里雨水埋在土里
庄稼埋在土里只有云在天上
一觉醒来，牛还在身边吃草

比背篼先填满的不是草
是肚皮的饥饿和母亲隔着
田间地头递来声音的目光
阻止伸向玉米红苕的镰刀

汗水和饥饿成为时间的刻度
一个在泥土里快速扩散
一个在胃里快速膨胀
只是该死的太阳还在山坡上

2017年12月8日

听着雨声

一滴雨从十八层高楼坠落
院子里倒下去的草在疼痛中醒来
身体在霏霏春雨中迅速衰老
一块方砖梦见了冷漠的楼梯
就是不曾梦见自己站在大路中间

倒影里有弯曲的楼房
银杏已习惯伪装天空的寒冷
习惯在夜晚堵住鸟的嘴唇
岁月空洞，并不代表灯光寂寞
就像大门深藏不露的骄傲和矜持

听着雨声被打回原形，犹如
雪化后脚底依旧是扶不起的烂泥
河流粗壮的神经已磨得极为脆弱
仿佛风一吹所有的秘密都将破碎
仿佛每个人都会在镜中遇见自己

这高楼坠落的一滴雨啊

注定不会成为光和影的殉难者

注定会像钢针扎进夜晚的软肋

春天的纸屑再也承受不了字的重量

——有许多的秘密正在被轻轻说出

2016年2月23日

落　红

抱住我！紧紧地抱住！
从蜜蜂失望的眼睛里
从春风折断翅膀的吹拂里
抱住我乍暖还寒的身体
——拒绝交出那些枯枝败叶

拒绝向石头和青草的缝隙
送上你的红唇。拒绝从一个
终点抵达另一个终点
哪怕倒春寒再次来袭
——请抱住我杯盏里的淡酒

抱住幼小的黎明，和春光一起生长
也就无惧晚来风急。哪怕衣带渐宽
哪怕放手比想象的还要艰难
抱住旧时相识，在蜂针的刺痛里
等待泥土铺好温暖的摇篮

2016年3月10日

十二月

胸口的痛该用什么来焐热？

大口热茶大坨猪肉下去

羽绒服的拉链切薄身体

疼痛的胸口像在碎大石

这地上失去生命的银杏叶

即使有了语言又如何咏而归？

失去雄鹰的山顶

该拿什么把苍穹下的草扶起？

初升的太阳翻动书页

字里行间没留下痕迹

孤注一掷的尘埃

像是无处遁形

只有骨相才蕴藏着

一个家族世代积累的力量

开着地暖的房子

墙壁找不到脸来安置疤痕

被枯藤老树刺痛的胸口

依靠寒风和废话生存

即使是月白风清的夜晚

也只在鸟叫的时候停顿片刻

2017年12月16日

雪花的背景

以树为背景雪花现出原形
手机镜头即使捕捉到焦点
那么多破碎的小圆点
又该怎么剪辑和复制粘贴?

以汽车引擎盖为背景
雪花像是钢铁开出的昙花
你还没来得及伸出的双手
在生命的消亡里有了罪恶感

以天空为背景雪花亲吻你的脸
那么多的喜悦、比喻、痛苦和愤怒
让你心底的感慨支离破碎
有一种孩子似的天真和无言

以温暖为背景雪花只在窗外下
你看雪花是模糊的雪花看你是清醒的

清醒的是草的灵魂和风的溃散——

你得学会去接受这个不平衡的世界

2018年1月28日

一场雪没能抵达泥土内心

被楼宇被树枝被车顶被围巾

还有皮鞋截住了坠落的身体

一场雪没能抵达泥土内心

像是母亲甩了甩她的头皮屑

这场事先通知的雪如期而至

希望忙碌的人能够获得安宁

希望它来结束口罩里的雾霾

还有那些正在透析的血液病人

露天停车场语无伦次的口播新闻

不断刷屏朋友圈，只是雪花没有

预留停车位。这不是我能决定的

每个人都被心底那滴眼泪支配

没有方向的雪落得有些散漫

即使越下越密却也没个正形

忙碌的身影洗不去灰尘的罪孽

仅仅为了白内障患者看得清楚些

一场雪终究没能抵达泥土的内心

踩着地上的水渍，母亲在人群里

甩了甩头，雪花就在她的头上下——

我们没一个是保持安静需要重生的人

2018年1月28日

冬天印象

仰望这些树枝，我很清楚
为了风的眷顾，它们脱下宽松外衣
但在尘埃清晰可见的枝丫缝隙
我不得不对它们充满敬意

也心怀感激。带着寒冷的向度
饱含向死而生的激情
等待太平洋吹来的另一阵季风
让我的担心成为多余

此刻看着它们，我不能说
失去鸟巢的树枝
就是冬天的全部，因为它们
早已习惯面对一个空洞的天空

而我们，还在感受黑暗的庄严
还在辨认枝丫缝隙尘埃的纯度

为消失的落日与星辰哀伤

为冬天挺拔的身躯感怀

这些比冬天更早到来的树木

保持列队站立的姿势

像是在等待什么人

暂时把树林打扫干净

2017年1月9日

玫瑰谷

这是诗人的一滴泪

落在震后的龙门山谷

以十年为期

开成一朵花的名字

无论你从任何方向进入

花园都准备了交叉小径

过去的将来的事

都能在玫瑰中相遇

晨曦和晚风轮换的山谷

泥土已为大地疗伤

隐居荆棘的露水

正努力辨别香水什么牌子

2018年6月25日夜

床头柜

如果时间可以还原
我希望它还是现在的模样
你婴儿时代的快乐时光
全都在敞开的床头柜里

那里面到底藏了什么宝贝？
吸引还不会说话的你钻进钻出
掏出笔和本子，没有启用的台灯
仔细端详相片上熟悉又陌生的模样

两双好奇的眼睛互相打量
彼此猜不透对方的心思
唯一肯定的是都放不下对方
这柜子里的游戏才会重复上演

如今你的身体再也装不进柜子
坏掉的螺丝钉也藏不住秘密

可我还是偶尔打开床头柜

看一看你小时候的模样

2018年6月5日

跟着拐弯

从一个丁字路口出发
到一个丁字路口分手
你拎着书包的背影
说不清楚往事的痕迹

上班的车子继续往前开
你沿着一的直线没有回头
我沿着丁的方向调头
当你的身影直线消失
我的眼泪禁不住跟着拐弯

2017年12月15日

失　眠

被梦境漏掉的飞机
突然从身体上空冲过
声音跟着碾压过来

天空和夜色该是在溃逃
阁楼成为抵抗的最前哨
棉被和枕头显得势单力薄

来不及走出梦境的橡皮树
在声音的风暴中
倒下去又弹起来

飞机走后，我和阁楼
都保持着清醒
期待下一架飞机来临

2018年6月6日凌晨2点半

电话通了

——悼吴鸿

但是没人接。长久的忙音
让昨天的通话变得像假的
你说你在克罗地亚
我说抱歉，浪费了你的话费

电话通了，但是我不敢出声
怕触痛一位七十五岁父亲的心
——白发人送黑发人
我分明听到旁边两个女人的哭声

这个城市的夜晚依旧灯火阑珊
熟悉的酒吧或长廊，喧嚣或宁静
你都看不见了。接骨木燃烧的火焰
成为九眼桥拒绝交出的蓝色睡眠

拒绝拨出一个个熟悉的手机号码
我不想让更多的电话通了没人接

当所有的悲伤逆流成河

我独自拖着你留给我的同款拉杆箱

2017年6月30日

生日歌

生日的上半场从零点开始热闹

从红包一生一世的问候开始

到手工贺卡烫金的祝福结束

人生的上半场，我把自己交给

一大一小两个值得信赖的女人

中间我们愉快地互道晚安

然后同步起床上班，共进烤肉午餐

唯一分别的身体，送到医院年检

还好各项指标都在高位维持正常

只有减肥成为我们共同的话题

韩国正宗烤肉的味道抵不过

新旧日历在算法上的难得重合

父女两辈人同一天过生的难得缘分

让另一个女人有了甜蜜的醋意

也让三伏天的夏日午后拉得特别漫长

再长的荫翳也阻止不了手机的袖手旁观
总有一些充满诚意的问候挑动半老的心弦
年少轻狂的往昔逐渐眉目清晰起来
一滴泪以优美的弧度确立同一首歌的首秀
遗憾的是，刚一张嘴风就飞走了

爱和被爱的人关在了日常事务的门外
生日的下半场回到生我的人身旁
尽管雪花落满她的发梢，她仍执着端出
一碗煎蛋面，宽慰那颗热闹后空旷的心
而面条下酒，再一次让那厮懂得了谦卑

2018年7月20日

风吹桃花

被放大的朝霞

正缩小着山泉的清晨

被掩盖的山脉

正看护着桃源的宁静

属于龙泉驿的春天

又回到了大地的眼眸

青草和泥土温暖的黎明

带着花朵透明的梦想

充盈驿道泉眼的心脏

万物静止，聆听风吹竖琴的声音

这三生三世的十里桃花啊

花开不尽，奔马似的群山

烟霞苍茫，犹如云端上的香格里拉

正接受神秘霞光外衣

手握2017年春风的姐妹

心中最柔美的那抹色彩

都盛开在巨大树干的寂静上
山中一夜雨，情道流出诗意和远方
连心亭的长命锁，捂不住林间清音
一块石头让人面桃花相映红
满山遍野都是春风的灼灼证词——
现在你可以亲吻她的眼睛和额头了

2017年3月6日

被粉红色的山风窒息

我将缩小，消失，像一道光

在一座桥的跨度里

沿着湖水铺排的山脉

靠近那张为你准备休息的长椅

被盐卤洗过的尖山桃林

像只迷路的兔子

为了大自然的荣耀独自奔跑

比起成年人热衷于推杯换盏的游戏

似乎更愿被粉红色的山风窒息

这森林中透明的深呼吸啊

让我和你只剩一朵花的距离

——即使前面什么也没有

我也不会放下风带着浮力的笑

2017年4月11日

蜜蜂停留的枝头

桃花的深度昏厥里
春风使白桥发出回响
在黑暗的湖面上
燕子忘了自然学的分类

翅膀是最好的回答
春天拥有足够自信
让我伸向三月的手
不再被风吹走

蓦然回首，这最后一级台阶
是老头必须迈过的平仄跳板
蜜蜂停留的枝头
有着太多的家长里短

2017年4月11日

初 夏

清晨从头皮上醒来
眼睛缓慢移出梦境
被鸟鸣打断的枪声
并没有在腿上留下伤口

推开窗，光明并未多起来
看见的并不都安好，不见的并非
不想念。比如墙脚迟到的白玉兰
比如长满苔藓的石板街道

偶尔的眩晕，让夏天伤了胃
夜晚吐出白天胡豆和青菜的余热
高过屋顶的是飞机留下的晾衣绳
这五年的获得感都写在桥的额头上

真水无香。精心伺候的黄葛树
在河边的悬崖上有了心机

太极老人一本正经画着神迹

突然蹿出的阳光打乱了他的部署

2017年5月25日

第七章　感觉活在时间的外墙面

老男孩

你不是我的闹钟，岁数也不是
把睡眠从嘈杂的黎明唤醒
是监视心跳的手环，十分钟一次震动
让你因为紧张而来不及告别——

感觉什么都有。在这漫长的周末早晨
除了遗落枕边说不清来源的汗水
遥远的马可·波罗和博尔赫斯醒来
忘了这朵花是蔷薇还是玫瑰

巨大的树荫里藏着腐败的甜蜜
不被注意的蚂蚁赶在暴雨前完成迁移
手风琴的忧伤和黄昏重新聚在一起
忽明忽暗，每一个都在讲述故事

锅碗瓢盆茶杯书卷甚至亭台楼阁
无不带着屋顶花园番石榴的味道

夜雨洗出了去和来之间的乡愁

陪伴似乎比药物更让人神志清醒

从牙疼到头疼，从落满灰尘的书架

到长满炭饼的烟斗，医院的大门整天敞开

你不想成为那个不幸的用人。但你必须

成为生活的用人——为了一双凉拖鞋

关心孩子比关心唐诗宋词更让人"涨姿势"

比如待客的茶杯至少十个以上

比如头发再长你也流不出美人鱼的眼泪

如果牙关能咬紧秘密微信就不会被拉黑

更长的一天或许在明天来临

更大的酒杯也追不回光阴的裂痕

多走一圈吧老伙计，被闹钟拉长的周末

更像是许愿池边打捞硬币的老男孩

2017年5月13日

吹奏人

和清晨在一起。和河流在一起
赶在上班之前，来一段琶音练习
尽管这排箫的音域过于狭窄
你也努力让声音听上去好听一点

好听一点。一个简单的哆咪咪
你从三月吹到四月，从河的左岸
吹到右岸，告诉那些低头赶路的人
你不是一个卖唱的人

这被牧神潘吹奏过的凤尾
在清晨嘈杂的河边
在春风铺排的堤岸上
晨曦看到你的执着出于真心

看到你优雅放纵的身体
尽管这竹孔的音域过于狭窄

一个简单的哆唻咪，从三月吹到四月

只为阳光奏响大地的音阶

2017年5月7日

呼喊者

嘴巴准备。喉咙准备。
声音准备——喊——出来——
哦可爱的宝贝。我已准备好耳朵，
你怎么还不发言？

姿势准备。趁着黎明还在犹豫。
蓝色的单膝跪地，紫色的双膝弯曲
橙色的抬头挺胸，黄色的举起手来
绿色的气沉丹田——

摸着自己的良心——喊出来
前面是广场是河流
不用担心失去准头的羽毛球
不用担心树木干瘪的耳朵

喊出来——发自肺腑的声音
去消除昨夜酒后的误会，

去停住黎明慌乱的脚步。
——用你略显夸张的表情

喊出来——你的声音我听不见
准备那么长时间，现在没人在偷听
喊出来。我不介意我的名字——
从你略显宽松的领带蹦出来

2017年5月8日改

肌肉男

与双杠和解。让悬垂的身体
丈量黎明与这片开阔地的距离
让下颚的盐不被风吹落
犹如白发拿捏着分寸

只有臂膀坚硬的腱子肉
证明年龄就是个错误
那副为八十岁时准备的棺材板
连同缩水的衣服显得多余

接下来该折磨光滑的单杠了
紧张的身体一旦获得自由
犹如老人在大海与鲨鱼缠斗
现在正是你的欢乐时光

短暂的欢乐。人和鱼终将老去
但你绝不会主动暴露智商

在干掉地上的影子之前

你得用铁棒给心脏加速

2017年5月9日

跑步者

必须赤裸上身

像一根透明的红萝卜

在清晨或者黄昏的微光中

缓慢移动，划出光的弧线

必须从第一步开始

喊出名词或动词的誓言

无须有人听懂，就像

路边站立的草活着就为风通过

直到身体一半透明一半黑暗

呼吸如同飞鸟掠过的湖面

双腿早已在汗水中淹没膝盖

公园的长椅还躺在黄葛树下休息

这是场没有名次的奔跑

日出日落像上了发条的闹钟

催促这根透明的萝卜

在城市的某个湖边缓慢划出弧线

缓慢移出体内残存的傲慢与偏见

让杂草跟着喊出名词或动词的誓言

让脚步记得在第三棵黄葛树拐弯

尽管这并没有给发福的身体带来宽慰

2017年1月7日

拳击手

没有对手。紧握的拳头挥不出
独自站在街角的花园舞台
听到相机声音响起来
才明白不过是过气的拳击手

过气的拳击手也是拳击手
多少年来，已经习惯保持
这站立的姿势——紧握拳头
如临大敌躲在拳头后面

像是在等待那人疯狂的一击
像是在寻找那人致命的弱点
但是那人那拳始终没出现
我不得不保持如临大敌的姿势

挣扎是痛苦最好的伙伴
额头上写满内心的故事

这不是我要的中场休息
我得为紧握的拳头找一个理由

肩膀顶着拳头的良心
有着日月星辰抹不去的激情
只要孤独被残存的希望充满
我真想和空气痛痛快快打一场

2017年1月2日

风筝客

把去年衣服上多余的布料
撑在一张硬得可怕的骨架上
三角形的绳子套上倔强的脖子
身体的尾气就冲出了下水道

在河流看不见下游的拐弯处
手拿绳子的老男孩抬头望天
看着空中自己的飞翔
选择性遗忘生活的日常

风筝在空中发出巨大的声响
神秘声音抹去仰望的表情
松弛的脖子因为潮红现出青筋
如此专注现在，像是在调遣记忆

颜色随意的布料空中飞舞
绳子控制姿势和方向

声音掏空被梦想充盈的身体

——在河流看不见上游的拐弯处

守护天空中的自由自在

拒绝夜晚在耳边发出的邀请

老男孩的幸福那么多

比如这积极的无聊

2017年1月8日

观棋者

我悔过。我不该"哎呀"叫出来
就算"哎呀"也不该抓住你的手
就算抓住你的手也不该——
把你的炮落到对方一个小卒前

我承认。我太想赢下这盘棋了
我以为隔山打炮将军赢定了
过河的卒子横冲直撞不听号令
害得你损兵折将乱了方寸

我明白。观棋不语真君子
明白站着说话不腰疼
你们进行的是生死博弈
拒绝第三者的指手画脚

我发誓。再也不隔岸观火了
你们就当我是穿了隐身衣的观众

让我说出最后一句明白话——

就算你赢了，还不是得重新来过

2017年1月9日

透明人

从天空开始，天便主宰一切
有时透明，有时混浊，有时多愁善感
你有大把的时间在街道缓慢移动
风把多余的人吹散

从心开始，心便长满苔藓
犹如老树的根一律抵拢拐弯
酒后的那些慷慨和厚道都记在心上
只是人群拥挤无法拿出来惦记

从脸部开始，脸便出卖自己
眼睛躲闪，不放过身体的每段阴凉
青砖雕砌的屋檐下燕子正在门前低飞
大慈寺的钟声打断一千零一夜的苟且

从故乡开始，故乡便遥远起来
现实把肉体装订成风帆，随时准备躲闪

眼睛的过失。出于楼道的一个疏忽

你庆幸，在光明中遇见被脸出卖的自己

2017年5月12日

太极手

刻意让我看见，你在地上
画出的痕迹。虚张的手掌
推开宣纸上的墨，缓慢画出
方寸之间的清风明月

这样的表演令人慈悲喜舍
犹如藏身青山大海
唯独遗忘昨夜酒后的絮聒多言
我以为你是只温柔敦厚的鸽子

假装很用力推动空气中的墨汁
白云和猿鹤找到了抒情方式
自然典雅，亲切中有几分天真
下沉的丹田吐出道德力量

生活离我们太近，活着就有改变的可能
譬如酒后抚琴弄操，醒来戒酒自新

直到死亡打断不负责任的玩笑

你仍在缓慢推拿，画出千里之外的神驰

2017年5月12日

刀笔手

你的生活注定在时间的对面

被石头磨去锯齿的对面

在一轮旧时的月色照耀下

纯银制造的一庭晴雪坦荡无垠

浅醉今生。对一张琴一壶酒一溪云

留给后来人一个宽松的背影

见素抱朴的神龟吐出身体和头颅

试着推开钝刀雕刻的庞大梦境

绝学无忧的几点梅花行到水穷处

聊大天喝小酒，兴之所至

推刀而去耕云种月快意人生

狂心歇处——往来成古今

得意而守形，法贵而天真

别无诗意的石头有了剑胆琴心

在你痛下杀手的地方

秦汉篆隶相互揖让，来不及叫好

气息生动的书生已跃然石上

家居万里桥西一草堂，闲举寿山

封门青，收集断简残章的蛛丝马迹

偶然砚田心事，面对一池莲花

像个独持偏见的月下漫步者

吹香破梦——借助一张宣纸相互凝望

2017年5月14日

烟斗客

和着夜晚的琴声，套上一双白手套

你小心擦拭这些古老的石楠根

让大海的波浪朝着一个方向竖起眼睫毛

让那些隐秘的往事显露出条理

夜雨已成溪，烟斗里还在飘雪

清醒比微醺更让人空虚

你感觉自己活在时间的外墙面

墨西哥湾那个著名的烟斗客早已睡去

这些印第安酋长留下的待客之道

让你成为一个脱离低级趣味的人

尽管我还站在时间的门里仰望星辰

接骨木早已打开澄怀观道的庞大梦境

是时候用食盐和酒精给树木洗澡了

用棉条剔除马克·吐温遗留的口水和墨水

让那个科西嘉岛的旅行者活在时间里

而天堂和地狱，只剩下一把烟斗的距离

2017年5月14日

第八章　时间与空间被重新命名

大酒杯

人到中年，手里的酒杯越喝越大。
似乎只有大酒杯，才能装下夜晚的
喧哗，才能装下足够多的人和事。
比如书房漏雨是否该找物管打理，
父亲的房子倒了还有无回去修葺的
必要？生活的日常全都在酒杯里荡漾，
有理无理的事情都在酒杯里浮沉。

莫管那么多！大酒杯端起来，热闹
全都站起来。站起来的身体变得放松，
舌头变得灵活，每个人都在
"听我把话说完"。没人在乎手机里
那个遥远的声音是谁，听他的话
咱们干一个，喝完咱们加个微信。
酒满敬人，宁伤身体不伤感情的豪爽，
感染着桌上的每个人。
即使荨麻疹的身体对酒精过敏，也没人
在乎医生的一再叮嘱；即使夜晚

把自己搞丢，也得在大酒杯里走完过场！

今晚月过中秋，今晚人越山丘，
交情和感情纠缠不休，中年男人的
待客之道，全都在大酒杯里呼啸沧桑。
仅有的时间在大酒杯里走得匆忙，
没留下烦恼和仇恨。属于夜晚的喧哗，
在大酒杯里长袖善舞游刃有余。
酒桌有多大，酒杯里的乾坤就有多深。

人到中年，最怕小酒杯一样的孤独
与寂寞。一大杯酒下去，
有的人失去权力，有的人变得沉默，
还有的人在数这是第几杯。只有他
在大酒杯的喧嚣里坐下身子，
等待虚度的光阴降临。

2018年9月24日中秋

大酒碗

终于闲下来。疲惫的身体得用
大酒碗抚。一大碗酒下去，
身体被重新整理，生活被赋予新的
意义。缘分与情分，时间与空间，
全都被大酒碗重新命名。

喝的人不知道，酒碗也不知道，
直到酒液熨过肺腑，掏出心窝子
放在桌面上，隐隐闪光不见回潮。
细沙一样柔软的烦恼忧愁，恣肆汪洋
的豪情热血，在大酒碗中荡着秋千。
虽不至于上山打老虎，但精神社交的
秘密全都在碗底敞开。

并不是所有的热闹他都在场。一碗酒
可以在手机里喝，也可以在书本里喝。
颜色和味道并不重要，重要的是
这泥土烧制的容器。赤脚行走，

土制的大酒碗才能喝出万里江山，
才能喝出大雁也飞不到的剑门关。
酒碗深处，再坚固的城门也会打开，
再文弱的书生也会杀伐决断。
看得见看不见的界线都被越过，
眉毛的海峡不得不思考未来出路。

大酒碗端在手里，人端坐在酒里。
疲惫的身体已不需要酒搀扶，定得住
心才会定得住碗，战线才能稳定在
自家门外。无论威逼还是利诱，
都不能动摇碗底朝天的决心。

2018年10月3日

大酒坛

岁月还是静好。从一道门进入另一道门，
不知被转手几次的大酒坛，仍然守着
房间的角落，除了安宁和灰尘陪伴，
这一次多了茶台、古筝和散落的书籍。
阳光偶尔越过窗台上的菖蒲，与大酒坛
保持一米的距离。

要不是茶台和书籍，眼睛环顾的时间
真会遗忘大酒坛的存在。布袋里的沙
软埋酒吐出的芳香，也软埋了说话的
权利。坛身的黑暗里酒一直在憋气，
假装潜水，假装修行，假装孤独却并
不伤悲。黑暗给了大酒坛一双黑色的
眼睛和耳朵，你们想说的他全都知道，
也全都明白。现在他不说，
并不代表丧失逼退黄昏的能力，纠正
错误的能力。

房间遗落的大酒坛，让这一小块休息

区间，有了持久的安宁与踏实，

也有了耐心去翻阅人生百态，收集

断简残章，等待不曾来临的客人，

开启出痛击人心的重逢。

2018年10月7日

大酒罐

没人能置身酒外。抱着坛子
喝大酒的人已走远，或消失于市井，
或消失于书本，白白养活那些游走
在时间河流里添油加醋的说书人。
让出门在外的少年，
还未醒事就喝成一个大酒罐。

他的远行注定是一地鸡毛，那挂着
红灯笼的客栈注定不会留下名字。
大酒罐提在手里，人生的跨度注定
真诚地陷在自己的鞋子里，哪怕和
维特根斯坦海德格尔相处再好，
喝不明白的生活哲学也是格格不入。

现在竹林有了，书架有了，清风和
明月也有了，换了华服的大酒罐，
依然没能驯服酒里的野兽，依然
没能用快活把罐子填满。说书的人

已一去不返，像以往那样，
他被软弱和卑贱包围。

即使置于山顶，屈身车间厂房，天天
想着快活的大酒罐，在有限的瓶颈里，
醉眼蒙眬谈论生活美学、道德伦理，
像一只怒气冲冲的八哥，无可救药地
错过窗外的繁星，摇曳的树影。

2018年10月8日

大酒缸

都回来吧。回到泥土烧制的身体，
回到粮食酿出的酒液，大酒缸
站在四面透风的山冈上，仰望
日月星辰，走过黎明黄昏。

这是酒的修行，也是缸的读本，
在通向语言的途中，山风阻止
不了前行。那么多兄弟都在翻晒
随笔，要么写着身世零落的家谱，
要么写着天堂湾的不灭家书。

像一群前赴后继的求法僧，为了
纠正混乱的口味和欠缺的清规戒律，
在裸露的山冈苦求原典，在镜子背后
赤脚行走。多么平易近人，
多么壮怀激烈。树木和杂草剖出的
山冈上，大酒缸那么多，
多得像神灵都回来挨着坐在一起，

听风说法。

他打老远回来，还未踏进山门，
就被这阵势感动蚀骨的疲倦，
无法言说的累。舍不下的故乡，
没人愿做一个匆匆过客。在盖子
开启的那一刻，有的人抵达，
有的人返回。

2018年10月9日

罗汉岭下

此地甚好！这罗汉岭下的
路边草坪，是我为脚镣手铐
寻找的归宿。我盘腿坐好身体，
挺出皮包骨头的胸膛。来吧，
开枪吧！
朝我怒火燃烧的胸口开枪，
朝我热血沸腾的胸脯开枪。

请瞄准点，别打我的头！
我的头发刚用手指梳理整齐，
我的脸刚被山风刮干净，
我的眼睛看着你的照相机，
我得把仅有的尊严，留给你
永远不会懂的亲情爱情友情。

尽管你是我的学生，尽管朝我
开枪是你的使命，除了此地甚好，
我不会有什么遗言相赠，

就像你永远不懂金别针的意义，

也不懂生有小休息也有大休息。

枪声过后，你可以拿着照片去

复命，却不能阻止山川田野传唱

我的《国际歌》。

2018年10月3日

松毛岭郭公寨

木板墙上的弹孔依然清晰，
房前屋后的松树与毛竹早已还原，
被炮火摧毁的模样。黄氏祖祠置身
静谧的阳光里，已没有敌情尽收眼底，
也没有挖战壕筑堡垒站岗放哨的
紧张与忙碌。只有红旗还在
屋前的竹竿上飘扬。

这里已不是前沿指挥部，电话线
也不用从这里牵到各个山头，
没有敌人动向需要汇总，没有战斗命令
需要下发。堂屋和厢房早已腾空，
没有秘密需要保守，也不用担心炊烟
引来"黑寡妇"，三角印的借条
和打借条的人，都在墙上的相框里
折旧光阴，泛黄流血牺牲的记忆。

七天七夜弥漫硝烟的记忆，那些

枪炮声喊杀声还在山脉云霄回响，

那些无名将士的英魂还在林间回荡，

山风一吹，你就会和祖屋一起流泪，

一起哽咽一起战栗。历经八十多年，

成为一家五代人执着的坚守。

没有豪言没有壮语，犹如岭上盛开的

映山红，质朴照看着这山中老屋。

尽管满身伤痕也要敞开大门，

让那些回不了家的孩子啊，有个

遮风避雨的落脚地。

2018年10月6日

老古井

我喜欢这口井。喜欢井水的清澈，
喜欢来来往往打水的人。洗菜拉家常，
即使他们家中早已有了自来水，
还是习惯到这卧龙山脚的老古井，
走一走看一看，或者坐在井边抽支烟，
或者带桶水回家。一切还像从前一样。

像从前一样，安静待在长汀城东门的
老古井，无时不把群众的柴米油盐挂心头，
比如生活的健康，比如工作的方法，
从下井掏污泥除青苔把自己洗干净开始，
永不枯竭的井水像一个执着的陈述者，
用洁净的、体面的、充满希望的真诚，
消除隔阂，消除沮丧，消除蚀骨的疲倦，
让一尾鱼游出井口满天繁星，让病中的
他秉灯夜烛写出改变天地的光辉著作。

带着地表深处的体温，井水的民风

依然纯朴。客家人珍贵的红色记忆，

在历史风烟涂染的岁月长河中，

依然有着清澈如初的恒久甘甜。

让每一个走近的人，都会不由自主

喜欢这口井。要么是井边恬淡的时光，

要么是平静水面下跳动的声音。

即使过了多年，即使走出老远，

我和他一样，仍在把老古井牵挂和惦记。

2018年10月10日

诗性美学：一种新视角
——赵晓梦诗歌美学讨论

陈亚平

　　我主张对诗性美学的讨论，应该扩展到诗性美学的发展范围中。这个问题的导向本身就是发展中的。我的策略是，以后续视角的续思和重复后思为目的。就像东亚诗性美学、中国诗性美学、欧洲现代主义诗性美学，绝不只有一种，还有发展出的后发的诗性美学思想。诗性美学从过去到当下，确立了它自己在历史进程中的多样化。这让我想到利奥塔对"后设"[1]这个术语的使用。我负责地说：人们思考推进中产生的那些扩展，只能是思考对思考本身的一再领先，它给了原思考某种差异的规定。因此"后设"在我的用法里，就是一个限定和全体、这时和那时……相关联的但要变化的概念。很明显，人们思考过程中的深与浅、前环节与后环节……就预含着单一和复杂的关联。后设的过程，表面上是自由的，其实被限制在不断后退变程和前设的矛盾中。因此，后设过程并不自由。这样，"后设"概念本身也不可垄断。每一后设阶段都有对后设再次后设的使用方法。朦胧诗美学之后必然有后发的后朦胧诗美学。

可是，我想用一种的关联的可能性来改造"后设"的最大指涉，特别是对当前诗歌一些后发性的美学特征。至于"后设"概念在国外早期、中期和当下用法，和我对"后设"改造性的构想没有关系。当有人问什么是"后设"的改造性？我回答：就是我称为的"超设"。因为意识，它要继续意识的是还没有被意识的那个未知意识。如果我用超设模式，沿着过去的诗性美学线索，就可以推进到过去诗性美学留下的空白中。超设，既是在精神地图中探索存在的幅员，又同时是修改精神版图的空间。诗性美学要创造性地在当前时代发展，必须要有特殊敏感的超设的改进。诗性美学的常规也该这样：超设的内容决定它最适合的形式。

我的讨论可分下列几项：

（1）诗与现实相互审美

（2）诗美与现实美的差异

（3）现实世界与生活世界的诗性扩展

（4）诗性审美的超常状态

（5）抒情叙事结构的扭结空间

一、诗与现实相互审美

我曾说，诗，借现实回到诗自身。因为现实既是人们能外观的客体，又是能让人们思想对现实做出反思，而反思，恰恰是对源自现实对象的反思再做意识上的改进。这样看，意识既是对自己意识改进的主体，意识又是移植到对象客体中可外观出来的等待改进的客体。我这一提法，主要是对胡塞尔"生活世界"[2]概念和对国内"生活美学诗学"[3]外源概念，做出一个后设视角上的区分。

我们首先要弄明白，现实——生活世界——日常生活诗学之间的关系是什么。这些关系又怎样能帮助解释我说的——诗与现实相互审美？我说：现实，就是生命在日常生存与能动中的活性总和。而胡塞尔的生活世界，是一个日常现实性从来很难达到的地方。胡塞尔式生活世界以先验为内容，又要想反过来沉浸在日常事件里，这除非是我说的：先验无外在，经验无内在的道理，把两个结合到一起的生活世界。

生活美学的说法，是从胡塞尔"考察我们直观地生活于其中的世界，希望按照它们最原初的在直接经验中向我们显现"中脱胎而发展出来的，他的"直接经验"就是"最原初的"，可我明显看到，最原初的在本质上是没有直接经验的，只有先验的。所以，他的生活美学的定义植根在单极中。

利普·拉金与菲凯·瑞安[4]的日常生活诗学，我看就是，生存性÷在场时空的愉悦。也就是，日常生活只是来源于生命的接续，同时也把生命注入了接续的时空，只有在生命每秒的活现中，日常性，才有了事态的存在性。这样就说清楚了，现实——生活世界——日常生活诗学三者之间的联系和差别。而我提的诗与现实相互审美的观点，正是从胡塞尔、拉金、瑞安没有构想到的空白中，超设出来的。可以这样下结论：诗既是一个意识主导创化的内心主体，又是这个意识可移植到社会事态中被外观出来的客体。例如诗人赵晓梦在他写的《劝酒的人》诗中领悟的情景：

……

这河里的水绝不是空头的假水

……

这盆地边缘沉淀岁月精华的高粱

从诗句中我可说，"这河里的水"是现实物的原型，"沉淀岁月精华"是向现实物原型做内心审美的意识升华和跨越。我假设一种新的审美原则：自然实物原型与艺术意识升华的现场，就是日常事件的物境和恒常认知的知境两极之间，发生了一种相互关联相互交叠的形态共融场，同时，这一形态共融会产生一种共在，让现实在审美时已经连接了诗在审美的整个两级极。因为存在是相互的。日常的在事是生活的片面，是生命的时间性截流；恒常的在心是生命的全面，是生命的空间性序列。在两者的内在对立或内在差异中，谁也分不开谁。我概括，诗只有在现实性中才是美的，因为诗的思主体才可显化出和认识出现实性。同样，现实也只有在诗性中才是美的。因为现实客体存在也是被诗的思主体显化的、认识出的。恰如"自然的谜底向一个好奇多思的心灵敞开"（《时间的爬虫》）。那么，诗人是咋个解说的呢？

总有一些事情让你力不从心

比如蟑螂站在时间的齿轮上

(《时间的爬虫》)

黑格尔说："艺术美高于自然。因为艺术美是由心灵产生和再生的美"[5]。问题是，艺术美高于自然美，是咋个区分出它是"高于"自然的呢？我看，艺术美的"高于"，只能是被最终的意识标定出与划分出的"高于"，必须是要靠最终意识来统领意识河流中的各个支流意识，因为最终意识就是向后发不断过度的意识。没有了最终意识就没有了对艺术美高于自然的支流意识的最终区分。诗的形而上也是被意识认识出来的。试看诗句：

我相信，每个人的经书里都有正义

就像最邪恶的人身上也会有某种美德

(《院士花园》)

我断定，诗，只有在日常现实条件中发生的人的思维存在方式中，才是美的。例如，日常现实性就有着看不见的某种构造，并按这一构造自身而自行发展。这就是日常现实性要按运动着的序化的结构，来完成日常性的某个形式。那么，日常性的形式有哪些构境呢？我觉得应该有下列几方面：

1. 不同的事态以相同的时空形式发生——对称性；

> 这河里没有两张相同的脸
> 也没有两个相同的灵魂
> （《徐志摩的石头》）

2. 相同的事态以相同的空间形式发生——平行性；

> 如果一杯咖啡是剑桥的早晨
> 那一杯红茶就是康河的黄昏
> （《剑桥印象》）

3. 事态发展顺序在序列中产生变序——无序性。

> 在这密封的镜框里，你看到爬虫和自己
> 坐在时间门槛上。我讲述的就是正在发生的
> 如同你亲眼所见一样准确无误——
> 迫使你把丢在一边的事情都捡回来
> （《时间的爬虫》）

这些日常现实性的对称、平行、无序状态所产生的差异，就构造出活性的、动变的、增长的质态……这就是日常性现实的美

感境界的基本结构，也是诗性美感境界形成的基础，但这一结构和基础，首先都必须是要在人们的意识中得到思考。试看：

> 逆流而上的鸭子像是在翻阅典籍
> 一场暴雨责备了它们的漫不经心
> 河边吃草的奶牛听不懂我的母语
> （《剑桥印象》）

诗句里，那波渗透的牵引力量越过了远处飞旋的鸟影，同时，它们加诸事物外形以一个蓝色的光环，诱使我把时间中变化的一切设想成为一个梦的推动。

二、诗美与现实美的差异

我要说明的是，诗与现实相互审美的层次中，又蕴含着诗美与现实美的差异。诗的艺术美与现实美的差异，人人都知道。但为什么诗的艺术美与现实美有差异呢？我可以说：因为艺术美的意识是在做永续深思的超越，光这一点，可变的可超越的艺术意识，就高于不可做主观超越的现实。都知道，诗艺术高于现实原型，反映了诗美与现实美存在一种差异。可是，这种差异本质上，是意识与意识自己不断新生思考与后发思考的差异。啥意思呢？我换句话说，诗美思想与现实美思想的差异，是被一个最终思想本身区分出来的，诗美与现实美的差异这一认识本身，就被更高思想测验出来的，本身就是意识对自己意识永续深思的超越。现实美只是意识自己分化给现实的那部分的美，看看这个差异在诗人的作品特质和见解中是怎样一番境况：

……

想停却停不下来。钟摆永恒摆动

就像十字架上的耶稣有滴不完的血

……

"我将不会为我的灵魂找到休息"

（《时间的爬虫》）

有人把诗美与现实美的差异，简单分成艺术美带有集中性、纯粹性、永久性。现实美带有分散性、芜杂性、易逝性。我觉得，美学不应该变得没有思辨。照我说：现实美的短暂性也有不断后设的永久性。只要现实美被意识所观看到，"易逝"的现实美，就已经从内在上有了艺术美那种被意识全体构境所观看的无限性。现实美不只是有外在感官时空上的"分散性、芜杂性、易逝性"，重要的是，它同时也有让意识不断生成新的、显异的超越时空性，而让现实美带有了无限性。因为，现实美是意识制裁的产物。只要意识的自我变化是超越的、是过渡的，意识制裁的一切思考就都是超越的、过渡的，包括现实美。《时间的爬虫》诗里是这样代言的：

......

注视和谛听时间的人有的是时间

......

只要风不停止吹拂灵魂就不会飘落

任何人，只能按人的意识自为进程和自律，而归化到不同角度和程度的意识所进入的意识的总环节里，虽然这个思考本身就是处在意识的进程中。诗美学的构境也是这样……这就好像，突然从阴云中投射出一两个光环或明晃晃的斑点，但往往又被薄薄弥漫的雾尘弄得很迷茫。大多数阳光是中午那瞬间的事，静静地制造着懒散，和对下午未来事物的兴奋。它按照自身的导引，去完成无限的形式。在赵晓梦《唱酒的人》诗中，诗意暗喻了原思想生出次原思想空间的诗性，好思想本身就预含了某种诗质的成分，好思想是用诗审美的：

有那么回事——时间是流水

这条波澜壮阔的大河

就是我们酒后永恒的抒情

挽留属于赤水河的诗意空间

三、现实世界与生活世界的诗性扩展

我觉得，东方式的现实世界的诗性，显示出——意识显示对象又显示自己与另一自己的永续性。现实世界是人的生命日常进展的身心场区，现实，用外在的现存事件体现了生命活现的运动现身。可是，这种运动贯穿了起始、发展、融贯、终结等矛盾着的结构。实际上，就是因果性的和扭结性的一种交互着的发展结构。这样，生命运动自身所包含的发展样式——观念，它的结构就是机动的，能动的，空间性的，也是符合诗性构造本质的。另外，东方式的生活世界，同样也包含了生命日常情态的起始、发展、融贯、终结等矛盾结构，这结构就是矛盾的差异与不停的后设……从活生生的体验到悟验，从验后到前验……只有通过验后，前验才是有限的；反之，只有通过前验，验后才是有限的。两者的互依性决定了融合，融合与生成的循环，形成了有着实在的间性。就像赵晓梦《从威斯敏斯特大教堂到伦敦眼》诗中写道：

> ……
>
> 领悟比聆听钟声更让人幸福
> 我看见泰晤士河升起的山，生活在柱子上的
> 凯尔特人。看见那些撕破脸的狗
> 那些躲在神龛背后没有脸的神
> 还有狮子身上隐秘的文字。宇宙中
> 微不足道幸运或是不幸运的自己

我提醒一下，诗句"领悟比聆听钟声更让人幸福"，是先验与经验相融合的一种间性结构，它的间性，是在先验与经验

联合作用中被后设出来的，既可成为先验对象"领悟"的内在方面，也可成为经验对象"钟声"的内在方面，随后在后发的变化中，达到无限的诗性空间。可见，悟观只能是先验与经验融合一起的悟观，它隐含的感觉成分，自带先天的某个意向源，它的直观直接得几乎不能用任何表象来显示。

　　　　酒精的灵感或许能告诉他们"生命是什么"
　　　　（《酒吧的DNA》）

　　诗的直觉是在先验与经验融合后产生的，仿佛重新把思想的光投向背后的黑暗，把一个物慢慢由思想支配到另一边，最靠近虚无的那一边。谁也别想用理智包容或代替它，但它越过了整个的思想而进入虚空，在无限的空茫下，美，成了它的帮手，注定要摆布我们，接受它必然的境界。

　　　　没人知道生命与死亡的按钮在墙上还是地上
　　　　（《被时差颠倒的闹钟》）

　　我看，物质日常界所直观的经验客体，是在一种经过了主体先验那部分主导作用下的客体，虽然这一看法本身，也属于我的意识又往进深处再次后发和改造的超设。

　　　　都市人心不累的活法并非只有出离

只要这蟑螂还在时间的齿轮上无声踱步

就没有人会在语法的错误中被处死

好像我们的脸上都写着无智者的魔法

在这密封的镜框里，你看到爬虫和自己

坐在时间门槛上。我讲述的就是正在发生的

（《时间的爬虫》）

诗句好比在未经触动的戈壁滩上，我预见最远的地平线会发生断裂，但四周的辉光隆重而热烈，它们把我带到有一大群雪峰隐现的背景上，人与物在它们的影子里化为灰烬。再往前，就是石头与黄沙堆成乌云状的房屋，还有白杨，它翠绿的叶片是产生最后波动的水源，在天空发蓝的时刻，大地寂静起来了，静得一切都毁灭，剩下启导心灵的幻想。

四、诗性审美的超常状态

人们的审美意识为什么会发展呢？我对此的答案是：审美意识对思考变程中的后发情况，是审美意识自己给的，因为审美意识本身，就是在原造出无穷后退的拟空间那样的自生超出性。它的超出性有下列几方面：

1. 审美意识对一个对象做出原思考的第一点，会很自然地就推进到接续出来的第二个扩思点，然后再和第三点的交叠、并置、逆反地做出诸区间的划分。这仿佛在内心占据了一个巨大的位置，让内心建立起来的某种秩序被它轻易地拆除了，而往前推进。诗人赵晓梦感到了这种后设的、后发的、后延的思维结构充满了诗性，他发现时空现实和一切现实境况像诗意般后设的、后发的、后延的：

      让你有一种被拥抱的错觉

      就像成都与伦敦不在一个时间点上

      黑夜却能把飞机的梦魇快递到黎明

      （《被时差颠倒的闹钟》）

2. 审美意识对脑海里某项审美思考做出的无限广延的表象推进，往往只能是沿着某个可能性、某个没有律定的随机性，做出表象的进程。审美性的很多东西都在或许是不正当的不合适的情景里表现得最直接、最真切，甚至比正当的情景下还要有特异的可能。这是审美意识自身存在的一种潜在的东西，它蕴含的成分，是可以说明人们传统审美观中所忽视的一种存在的。诗人赵晓梦用想象做前设，直觉做过渡，自我最终意识做超越的三段式审美方法，来显示诗性的空间未知界的进深。试看：

      灰色的房间，一层一层涂着红色的百叶窗

      就像罗斯科尔在直盯着闯入的陌生人

      这种被包围的亲密感

      让诗人变成演算时差难题的数学家

这显然比克服语言的障碍更困难

游过天空的鱼，蹚过泰晤士河的大象
来不及撑开就收起的雨伞
歌颂机器和噪音的机器和噪音
连同对过去事物的仇恨
沿着两种视觉的差异摘下时间面具

你需要深吸一口气，怀着最美好的憧憬
去领略雾都的精髓，就像从威斯敏斯特大教堂
昏暗曲折的参观走廊找到脱胎换骨的出口
有时如履薄冰无比艰难，有时奇迹般无比顺利
没人知道生命与死亡的按钮在墙上还是地上
（《被时差颠倒的闹钟》）

五、抒情叙事结构的扭结空间

按我看，审美意识过程本身，就在有差异而关联着的推进性中，形成了一个意识拟—空间。这个空间，可以让我们随意在当中做出，对思考对象的剖思、逆思、截思、伸思、缩思、扭思、环思、扩思、插思式的立体状环节，并让这些对象集合体，得到有所显现的广延度与伸张度的超常的领域。意识它自己再造自己的对象，是有着专有运行维向的，而不是按照因果律的单纯生成的直向线性来延续。那么，诗性审美意识的专有

运行维向是啥呢？就是扭结性或穿插性。例如：

> 灰色的房间，一层一层涂着红色的百叶窗
>
> 就像罗斯科尔在直盯着闯入的陌生人
>
> 这种被包围的亲密感
>
> 让诗人变成演算时差难题的数学家
>
> 这显然比克服语言的障碍更困难
>
>
> 游过天空的鱼，蹚过泰晤士河的大象
>
> 来不及撑开就收起的雨伞
>
> 歌颂机器和噪音的机器和噪音
>
> 连同对过去事物的仇恨
>
> 沿着两种视觉的差异摘下时间面具
>
> （《被时差颠倒的闹钟》）

诗句中，诗性审美意识环节的某个更换过程，对另一接续的过程的自我转向，就是跨越的跳跃的扭结拟—空间，它带有矛盾性的立面化特征。它思考某一问题的多种可能性，或一个问题本身隐含的复杂性，绝不是按照因果逻辑序列那种点到点——点到面而不出现矛盾的直线来推进的；而是显现出各个不断换思考方向、不断换思考角度、不断产生思考的矛盾、不断产生思考的不可行、不断超越矛盾等交互联系的混含空间面来运行的。

我特别要提出，诗歌表现叙事内容的一般形式，并不是限

定在对人的日常活动和事态发展的实录性再现，而恰恰是诗者在跟踪客观事件的内在施动者、内在观照者和最高的结合者的混合性表现。指导叙事的设想，有多个可能的内心延伸，但这种内心延伸不是一维式线性流向的，而是三维式穿插扭结的。因为穿插扭结的叙事方式既能表现事态那种穿越交互的立体凸现，又能显示一个事态接近完成但又决不会完成的渐次迫近性，本质上形成了差异式矛盾结构。这一差异，设定了叙事主体和叙事客体两者接近但又分开的活态的相互交叠变化的空间，而这一交叠变化空间恰恰是超设出来的审美的空间。在叙事扭结式穿插中发生变化的差异之思，是动态的美，是不断超设出来的变化之美。同样的，诗歌表现抒情内容的一般形式也体现出这一特征。这样，就区别了中国传统或国外传统诗歌那种叙事—抒情—议论—描写一体化的既定表现形式。赵晓梦的《徐志摩的石头》《剑桥印象》在诗性审美的空间上有两个方面的拓展：

1. 首先是消除诗节中叙事和抒情两极角色的最大界限划分，让抒情主体的内在变化常常借一些抽象、具象结成一体的客观事态来展现，不露出抒情主体意识进深中的一点痕迹，诗的表现方式处在非叙事非抒情的第三种居间状态中，而开启了审美意识在进深空间中发展的多维度状态。所以，诗人借诗句表达出的内心线索匿踪推进的方式，是最关键的。可以让日常世界的客观动态与心灵世界的主观动态，无痕迹地但又有机地展现一种交互的和扭结性的穿插场域。举例说，诗的结构分析：

教堂的管风琴已交出爱情乐章——半叙事+半抒情+体验。"交出"是主体的形象想象，"爱情乐章"是客体的主观体验。

扇形穹顶犹如没有尽头的退路——叙事。

无数次的远涉重洋不过是来签收——叙事。

一笔挥霍完了的青春账单——抒情。

河流早已在看不见的上游拐弯——叙事。

时间的二维码扫描出云水情怀——抒情。

占有你所没有；汉白玉的石头——半叙事+半抒情。

只截留了开头与结尾的两句诗行——抒情。"截留"是主体的形象想象。

(《徐志摩的石头》)

2. 其次是让叙事情境和抒情情境两者处在极不协调的同时又要节外生枝的连续的不确定中，让叙事部分和抒情部分各自独立而又跳跃性地隐秘地结成一体。跳跃性，是消除传统纯叙事和纯抒情形式一体化界限的中介条件。这一条件的存在，既避免了因单极叙事—抒情两位一体而遮蔽心灵进程的暗流，又避免了因单极抒情—叙事两位一体而阻碍客观事态暗中转化成某个内心感受的可能性。重要的是，这样的诗性空间就有了居间性的可跨性进深。比如《剑桥印象》的表现方式：

如果国王学院是座安静的教堂

那诗人就是块沉默的石头

在康河柔波的碎片里

水草和长篙撑出星辉斑斓的喧嚣

　　诗句用线性的因果比喻"如果国王学院是座安静的教堂／那诗人就是块沉默的石头"，隐含了物与心的平面线性空间的审美层面，但是审美层面随着诗性主体的进深推进，刹那间就分岔到："在康河柔波的碎片里／水草和长篙撑出星辉斑斓的喧嚣"，这种跨越，直接让"学院"和"诗人"的平面线性空间与"康河"和"喧嚣"的平面线性空间，两者穿插地扭结在一起形成拟三维的交互空间，增加了多个意向表现的支点。试分析，非叙事非抒情的诗句结构那种居间表现手法的空间进深：

在数学桥敞开的穹顶下——叙事。

逆流而上的鸭子像是在翻阅典籍——抒情。

一场暴雨责备了它们的漫不经心——半叙事+半抒情。

河边吃草的奶牛听不懂我的母语——叙事。

（《剑桥印象》）

当紫禁城庄严的大殿上响起下流小调——叙事。

欧洲人正对这个无险可冒的世界感到厌烦——叙事。

自然的谜底向一个好奇多思的心灵敞开——抒情。

犹如教堂的穹顶落入吊灯规律地摆动——叙事+思考。
"吊灯规律"是客体的主观思考。

（《时间的爬虫》）

多个跳跃性的分岔的意向表现的支点又相互构成各个不同的子意向空间，再形成多个超前的和超设的审美次序。这是一个在非叙述非抒情居间中实现的可能世界的超设审美结构。超设的诗性，不只是对审美意识进深的探进，还是发挥想象、直觉等综合互换的空间进深。我觉得，审美活动的表现从本质上来说，就是意识空间做出的穿插、扭结、变化的广延运动。但是这当中，每项扭结和穿插的跳跃性意向支点，都是因为有平面的意向点而同时存在。所以，诗歌叙事—抒情混合体所构造出的更大审美效应的衍生空间，就由线性和扭结性的主客体因素之间的关联所决定。

问题与尝试性的结论

当下中国诗性美学的探索，存在着明显要靠艺术哲学原则来深度规范和方法划分的问题，特别牵涉到与东方思想方式中的类似领域发展关联。至少是，前沿美学语境下的诗美学研究应该扩展到东方思想方式开启的更多领域范围中。为这，我的意识空间审美策略，主要把诗性美学的问题推进到网性的思考层面上。根据前文的表述，我用一种对诗人赵晓梦的诗歌艺术分析和观察结果，来提出一些尝试性的结论，为的是关注一种发展中的诗美学的可能性，关注一种审美启示和具体方法。包括以下：

1. 诗性审美模式的超设改造，本质上讲，就是让诗性美的内在个性，有很多不断延设出来的再造层面，就是把诗性美，做一个对未知界的向后的修改。任何审美形式的一种本质可能性即结构都有其生成论基础。审美中发展的先行显示，构成了超形式化的所有的展向。它不是线性发展的，而是跳跃式的扩展，它给诗性思维的透视深度提供了一个可测量的空间。

2. 诗性形式的单一体包含着在它之上存在的一切泛设项。而一切泛设项也逐次地内含于另一个之中，繁复形式永远奠基于单一形式之中。诗性跨界审美的本质就是建构网状结构，一种非线性的构成方式——穿插扭结式、网络式的结构方式，它在过程中的系列，就是由暂存包含续存、原初包含最终所构成的总体。

3. 70后诗人在后现代消费语境下介入日常生活体验，就是回到事物本身。将生活世界的认识，纳入了哲学视野观照下的人类社会范式的演进。70后诗人追求的美学形式语境下的原初经验，表现在创造思维中，就是对日常生活的诗学本体的审美。最引人注意的元素特征之一是：日常生活的审美，把生活转化为身与心统一的世界。

4．赵晓梦诗歌在风格体征上属于70后诗歌实力派系，他的诗歌类型是对60后抒情诗和叙事诗种类的改造性扩展，是一种小型短诗节的、明显消解了纯叙述和纯抒情的变体——居中抒叙诗类型，句子结构的居中性手法已经支配了夹叙夹抒之间的关系，而出现了非叙事+非情态那种间性、居间、折中、混维的拟性效果：（1）有场面，陈述中具备与主体倾向相互关联、临近的及物。（2）无场面，陈述中提供了一个自身不及物但能支配内心情感倾向的拟物的中间性领域。

赵晓梦诗歌介于叙事和抒情之间那种非叙事非抒情的审美，是第三方的间性的空间审美。本质上，是从叙事和抒情两极之间提取出来的新质，它不是叙事和抒情简单结合的线性式低维结构，而是非叙事非抒情发展出的扭结式高维度的结构。这当中隐含着否定之否定。

5．赵晓梦诗歌兼有博尔赫斯与李商隐式的哲智元素，是他诗歌最为激进的"70后"个性。这为分析70后诗歌艺术内在界的观念取向提供了框架。但如果赵晓梦在今后能努力关注：让诗作情态中的思考性情节的突转，要有一个天然无缝的生长出来的内在结构来过渡，比如，要选一些能传达出内心运动的某种抽具象相结合的中间词型与字音的辅助，来起一种内在骨架的作用，那么，诗的内在结构会更有意向穿透力。

2017年10月26日于成都

【注释与参考文献】

［1］利奥塔在描述他定义为"后现代者"的研究对象中，出现一个很有意思的提法。他说道："所谓现代科学，仍然与正统的叙事学说有着显而易见的一致性，以'后设论'的方式使之合法化。例如，在叙述者与聆听者之间，一句含有真理要素的话，要通过'共识原则'才能被接受，必须要在理性心灵之间，尽可能获得一致性认同，这句话方可生效。这种法则，缘于'启蒙叙事学说'。"

［2］胡塞尔：*Husserl. The Crisis of European Scienceand Transcen-dental Phenomenology*［M］Northwestern University Press，1970.

"客观科学本身属于生活世界科学的理论，亦即逻辑的构成物，当然不像石头、房屋、树木那样是生活世界中的东西，它们是由最终的逻辑要素构成的逻辑整体的整体和逻辑的部分。"

［3］国际美学学会前主席阿莱斯·艾尔雅维茨说：审美泛化无处不在。所谓审美泛化是指对日常环境、器物也包括人对自己的装饰和美化。进一步说，美学也因此淡化了其形而上学意味，指的是美学已经渗透到经济、政治、文化以及日常生活中，因而丧失了其自主性和特殊性，艺术形式已经扩散到一切商品和客体之中，所有的东西都成了一种美学符号，共存于一个互不相干的情境中，审美判断已不再可能。

〔4〕瑞安常常在诗歌中描述日常生活中的动物、植物、生活现象等。通过对这些日常生活的惯常性和重复性的描写，瑞安意欲反映日常生活是人人生存和生活的领域，拥有独立的个体生存平面；是一切其他生活的聚集地、纽带和共同基础。"人是日常的，离开它人就不存在"。

〔5〕黑格尔：《美学》，商务印书馆1986年版，朱光潜译，第5页。